うちの旦那が甘ちゃんで

飴どろぼう編

神楽坂 淳

講談社

うちの旦那が甘ちゃんで

飴どろぼう編

目次

みつ飴と盗賊

二月の初午《はつうま》を越えて中旬になると、冷たい空気の中に少しだけ暖かさが混ざってくるようになる。

そしてこの時期には、沙耶《さや》の家の庭に筍《たけのこ》が顔を出す。筍というのは早朝のうちに掘り出すのが美味《おい》しい。

掘った筍を米の研《と》ぎ汁でさっと煮るのが今ならではの楽しみである。

家計の大きな味方でもある。

「なっとなっとうぅぅぅ」

歩いてきた納豆屋を捕まえると、納豆を二人前頼む。

「最近何か変わったことはありましたか？」

ついでに街の様子を聞くのも日課である。

「いたって平和ですね」

納豆屋はのんきに答えた。何よりのことである。納豆を受け取ると、沙耶は手早く朝食の準備を始めた。

月也《つきや》の仕事は二月はかなり忙しい。風烈廻《ふうれつまわ》りは火事を見回る仕事である。空気が乾燥する一月から三月はとにかく火事が起こりやすい。

盗賊よりも火事の方がずっと恐ろしいのである。

この時期はつむじ風が生じやすいから、ちょっとした焚《た》き火から火事になってしまうことも少なくはない。

だから毎日しっかりと見回らないといけないのである。

そのためにもきちんとした朝食は欠かせないのだった。今日は掘ったばかりの筍があるので筍の刺身である。

ただし掘り出してから一刻《とき》以内に食べないとえぐみが出て美味しくない。八百屋《やおや》に売っているものではもう遅い。

庭から自分の手で掘り出したものだけが刺身になるというわけだ。

水に塩をざっと溶かしてから湯を沸かす。筍を薄く切ってお湯に放り込む。少し茹《ゆ》でただけでできあがりである。

梅干しを叩いて軽く醬油《しょうゆ》をかけまわす。筍の刺身にはこの梅醬油が一番合うと沙耶は思っている。

納豆に葱《ねぎ》を普段よりも多めに入れる。体力をつけるのには朝に葱を食べるのが一番だからだ。

そして味噌汁《みそしる》には、庭で摘《つ》んだ芹《せり》を入れた。まだ時期には少し早いが若い芽《め》が顔を出していたので摘んだのである。

冬から春にかけて、最初に変わるのは匂いだ。土が生き返って草の匂いが漂ってくるところがなんともいえず好ましい。

そして食卓にも香りを持ち込めるところが嬉《うれ》しかった。

「おはよう」

夫の月也が起きてくる。寝起きはいいほうなので声はもうしゃっきりとしていた。

「食事の準備をしますね」

沙耶が言うと、月也は頷《うなず》いて顔を洗いに外に出た。同心《どうしん》の家は庭に井戸があるからなにかと便利である。ただし水の味は悪いから飲むには向かない。顔を洗ったりするのに使う。

月也が身支度をしている間にさっさと料理を並べる。

今日は寒いので湯奴《ゆやっこ》をつけた。寒い朝にはお湯で温めた豆腐が何よりのご馳走《ちそう》だ。

豆腐に筍、納豆に味噌汁と並ぶとなかなか豪華である。

「お。筍か。しかも刺身じゃないか」

月也は嬉しそうな声を出すと座り込んだ。

「沙耶も早く」

そう言いながら、筍に箸《はし》を伸ばす。一瞬でも早く食べる方が美味しいからだ。

沙耶も自分の分を素早く並べた。

「おかわり」

沙耶が料理を並べている間にもう一杯目を平らげた月也がおかわりをせがむ。

大盛りにご飯をよそうと、沙耶も筍に手を伸ばした。

採《と》れたての筍は何とも言えない甘みを持っている。薬味の梅干しの味がそれをさらに引き立てていた。

ご飯に合うと言うならこれよりも合うものはないように思われた。

次は湯奴だ。温めた豆腐の上には鰹節《かつおぶし》をざっくりと載せてある。薬味を使わずに鰹節と豆腐だけのほうが豆腐の味ははっきりする。

月也を見ると、飯の上に豆腐をドスン、と載せて薬研堀《やげんぼり》と醬油をかけ回している。

そうして飲み下すかのように飯を口の中に入れると、再び茶碗を差し出した。

「おかわり」

相変わらずの食欲に思わず微笑《ほほえ》んでしまう。

「今日もしっかり見回りをしないといけないからな」

月也が気持ちを引き締めるかのような声を出した。

「わかっています」

沙耶も頷く。

「今朝《けさ》は伊藤《いとう》様に呼ばれているから、沙耶は深川《ふかがわ》に行っておいてくれないか。牡丹《ぼたん》の店で待ち合わせをしよう」

伊藤というのは月也の勤めている南町《みなみまち》奉行所の内与力《うちよりき》のことだ。町奉行、筒井政憲《つついまさのり》の懐刀《ふところがたな》である。

伊藤が呼び出すというからには何か内密の相談があるに違いなかった。

沙耶のような小者《こもの》は奉行所の中には入れない。寒空に沙耶をじっと待たせるのを嫌って深川で落ち合うことが最近の習慣であった。

定廻《じょうまわ》りと違って風烈廻りは決まった縄張りがあるわけではない。待ち合わせが深川になっても困ることはないのだ。

「かしこまりました」

月也は当たり前のように挟《はさ》み箱《ばこ》を肩に担ぐと歩き出した。本来は小者である沙耶が担いで歩くべき箱である。

中には務めに使用するものが入っていた。しかし月也は、沙耶には重いのだからと自分で担いでいるのである。

その姿は今では一つの名物のようになってしまって、誰も気にしなくなっていた。

家を出ると、深川の方に向かって歩き始める。

八丁堀《はっちょうぼり》は武家屋敷ばかりだから朝といっても騒がしいことはない。これが深川の方に近づいていくにつれ人の声がやかましくなっていく。

喧噪《けんそう》が近くなり、体に元気がみなぎるかのようだった。

橋を渡ると、富岡八幡《とみおかはちまん》にお参りに行く人々で朝から混み合っている。裏通りの方に向かって足を運んでいく。

お参りに向かう声から、女子の集まる声が大きくなってくると牡丹の店に到着である。

「おはよう」

声をかけると、牡丹が華やいだ笑顔を見せた。

「おはようございます、沙耶様」

牡丹は、どこから見ても美少女だ。普通に歩いていて少年だと思われることはまずない。それにしても今日の牡丹は美しすぎる。すっきりとした白地の着物に梅の模様と鶯《うぐいす》が入っている。そこらで買ったものではなくて仕立てたような雰囲気だった。

店に群がっている少女たちも牡丹の姿に見とれていた。五人の客がいる。みな十四歳ほどの年齢である。

十四歳の女子は忙しい。家が裕福であるなら習い事で一日潰《つぶ》されてしまう。家が貧しいのであれば家の手伝いでやはり時間はない。

牡丹の店に集まっている女子たちも、長居をするわけにはいかない。花の砂糖漬けを買って少しだけ喋《しゃべ》り、自分の生活に戻るのである。

口に含む花は高価とまでは言わないが安いわけではない。だからどちらかと言うと裕福な女子が集まっていた。

「今日は随分と良い着物を着ているのね」

「はい。人形《にんぎょう》の仕事を請け負ったのです」

牡丹が嬉しそうに言う。

「よかったわね」

沙耶も思わず祝福した。

人形というのは、呉服屋に雇われて服を着る仕事である。町で人気のある人物に呉服屋が服をこしらえて、その代わりに着てもらって宣伝させる。

普通の町人は服をあつらえることはない。たいていは古着である。そんな中人形になるのだから、牡丹は「いい客」と付き合っているということになる。

牡丹は花の砂糖漬けを町で売っているだけだから、本来ならそんな話は来ない。しかし牡丹の美貌に惹《ひ》かれて大店《おおだな》のお嬢さんがここに足を運んでいた。

きっとそのせいだろう。

「牡丹は美人だものねえ。羨《うらや》ましいわ」

沙耶が溜息をつくと、牡丹が笑いだした。

「沙耶様のほうがよほど美人ですよ」

そう言って笑った口元がツヤツヤと光っている。しかし口紅というわけではなさそうだ。

「唇に何か塗《ぬ》ってるの？　随分と艶《つや》があるわね」

「みつ飴《あめ》を塗っているのです」

牡丹がまた嬉しそうに言う。

「これも人形なのですよ」

「いくつも引き受けているの？」

「はい。着物もですし、昏のみつ飴もそうです。かんざしも提供されています。匂い袋も」

どうやら全身どこかしらの店から提供を受けているらしい。

商売上手と言うか、人間関係を作っていくのが上手なのだろう。

「やるわね」

沙耶は思わずくすりと笑った。牡丹がうまくいくのは嬉しい。

「それで沙耶様。沙耶様の昏もお借りできないでしょうか」

「わたし？」

「はい」

牡丹が大きく頷いた。

「わたしは男の格好をしているのよ？」

「男装の昏が輝いているのはすごく艶っぽいと思います」

牡丹にそう言われるとなんとなくそんな気になってしまう。

「どうしよう」

沙耶は少し迷った。

同心の小者である沙耶が、唇に飴を塗っていいのだろうか。

「これを塗ると唇が乾かなくていいですよ」

牡丹に言われて心が揺れた。

「きっとお似合いですね」

客の少女たちも勧めてくる。見ると、みな唇が艶やかである。

「そうね。やってみようかしら」

月也も、沙耶の唇がきらきらしているのは嫌いではないだろう。

「日本橋《にほんばし》の狐堂《きつねどう》という飴屋です。あとでお連れしますね」

「ありがとう」

返事をしながら、あらためて牡丹の唇を見る。冬の間はどうしても唇がカサカサと乾燥してしまうのだが、牡丹の唇はそんなことはない。

これは案外いいものなのだろう。

しばらく話していると、月也がやってきた。眉《まゆ》がほんのわずかにだが顰《ひそ》められている。伊藤の話というのが何かややこしいことだったのだろう。

「困った」

沙耶の顔を見るなり口にする。

「お役目ですね？」

「そうだ」

「ではどこか落ち着ける場所に行きましょう」

沙耶は牡丹の方を振り返ると笑顔になった。

「では後ほど飴の件、お願いしますね」

「わかりました」

牡丹が頭を下げる。月也が、待った、という様子を見せた。

「今、飴といったな」

「はい」

牡丹が不思議そうな顔をする。

「すまぬが一緒に来て話を聞いてくれないか」

「かまいませんが、聞かせていただいていいのですか」

牡丹が遠慮がちに言う。お役目のことをただの町人の牡丹が耳にしていいのかどうか気にしたのだろう。

「いいんだ」

月也が真顔で言う。

「人の耳があると困る。鰻《うなぎ》屋の個室を借りよう」

月也はあまり山口庄次郎《やまぐちしょうじろう》の店を借りるのを好まない。代金をとってくれないからである。しかし今日のところは人に聞かせたくないらしい。

「いらっしゃい」

店に行くと、一人娘のさきが嬉しそうに出迎えてくれる。

「すまないが奥を借りたい」

「かしこまりました」

さきが案内してくれる。

「腹が減ったな」

月也が申し訳なさそうな声を出した。店先は鰻を焼く煙がたちこめ、美味しそうな鰻の香りに満ちている。

沙耶ですら食欲をそそられるのだ。月也にはたまらないだろう。

席に座ると、鰻が来るのを待つこともなく、月也が口を開いた。

「飴屋専門の泥棒がいるのだ」

「飴専門ですか？」

沙耶が思わず聞き返した。もちろん飴屋でも繁盛していればそれなりに儲《もう》かってはいるだろう。しかしどうやったところで飴は単価が安い。盗みに入っても大した儲けにはならないと思われた。

「うむ。いいところに目を付けた、と伊藤様はおっしゃっている」

「どのようなところなのですか」

「岡っ引きが儲からぬところだ」

月也が苦々しそうに言った。

なるほど。沙耶は納得した。飴屋では、岡っ引きに付け届けをするにしてもごくごく小さな額に違いない。岡っ引きは幕府から給金が出るわけではないから、付け届けが大きな収入源である。

だから金にならない相手の相談には力を入れないのだ。

「一体どの程度の額を盗まれているのですか」

「二分《ぶ》程度ではないかな」

「それは微妙ですね」

もちろん庶民には大金だ。月也の給金自体は年に十両だが、日々暮らすうえでの二分はなかなか大きい。しかし盗賊が狙うにしてはいかにも小さい。

「なぜそのような金額なのでしょう」

「一分や一朱《しゅ》を狙って盗んでいるのだ」

「つまみ喰いですか」

牡丹が横で溜息をついた。

徒党を組んで一度に千両を盗むような本格的な盗賊と違って、少額をさっと盗んでいくのは「つまみ喰い」と言われる。

盗まれる金額も少ないし、徒党も組まない。それだけに捕らえられる可能性も少ない。奉行所にとっては厄介《やっかい》な盗賊である。

「それにしてもお菓子専門ということですか？」

「飴だ」

そんなに限定的な盗賊がいるものなのだろうか。いずれにしても何の手がかりもなさそうだった。

「そういえば、飴屋の人形を引き受けることになるかもしれません」

「飴の？」

月也がわからない、という表情になった。たしかに飴といえば舐《な》めるものである。

「唇に塗る飴があるのです」

牡丹が自分の唇を指さした。

「おお。ツヤツヤと光っているな。飴を塗ると艶やかになるのだな」

「はい。ですから沙耶様にも塗っていただこうと思っているのです」

「かまいませんか？」

沙耶が尋《たず》ねると、月也は楽しげな表情になった。

「俺も見てみたい」

「飴くらいでは大して変わりはしないですよ」

そうは言いながらも少し嬉しい。お前の化粧になど興味がない、と言われたらやはり悲しくなってしまう。

「ではあとでご案内します」

話しているうちに、鰻重が席に届いた。見事に大きい鰻である。そしてその脇に、大根おろしが添えられている。

「これは？」

沙耶が訊《き》くと、さきはくすりと笑った。

「箸休めに召し上がってください。何もつけずにそのまま」

そう言うとさきは部屋から出て行った。

「よし、食べようじゃないか」

月也に促《うなが》されて鰻に箸をつける。鰻は夏よりも冬の方が美味しい。脂《あぶら》の乗りが断然違うのである。

甘めのタレが鰻の味をよく引き立てている。

そうして脇にある大根おろしを口に入れた。

ピリリとする味が舌をさす。同時に柔らかくて土臭い甘みが広がった。

「これは？　辛味大根みたいだけど」

「それにしてはほんのり甘さがありますね」

牡丹が言う。

これはおそらく、辛味大根と蕪《かぶ》をおろしたものを混ぜているに違いない。種類を違《たが》えても大根おろしと大根おろしだと喧嘩《けんか》をしてしまうところを、蕪が大根の辛みをうまく包み込むのだろう。

たしかにこれなら鰻の箸休めにはぴったりだ。

「なぜ飴屋なのだろう」

月也があらためて言う。

飴の値段は他のお菓子とそう変わらない。一体どんな理由で飴屋にこだわっているのだろう。

「いずれにしても、沙耶に接点ができるのはいいことだ」

月也は大きく頷くと、さっさと鰻を平らげた。

「では牡丹、沙耶を頼む」

月也が頭を下げた。

「やめてください。月也様に頭を下げられるとどうしていいかわかりません」

牡丹があわてて両手を前に出した。

「お。すまないな」

武士が町人に頭を下げるなど、本来あることではない。月也はなにも考えずに頭を下げてしまうが、牡丹からすれば困るところだろう。

「まずはどうすればいいのかしら」

「日本橋の通油町《とおりあぶらちょう》にある狐堂に一緒に来てください」

「わかったわ」鰻を食べ終えると、日本橋に向かうために店を出る。

「俺は見廻りに行ってくる」

月也が当たり前のように一人で出掛けて行った。最近の月也は、挟み箱の中を軽くしている。同心の箱はなかなか重いものなのだ。

着替えや十手《じって》、刺股《さすまた》など、捕り物に必要な道具が一式入っている。しかし月也の箱には最低限の着替えと十手しか入っていない。十手は戦《いくさ》十手という戦闘用の長いものだが、一本なら重さはたかが知れている。

そうやって一人で担いでも平気なようにしていた。

「では行きましょう」

声をかけると、牡丹も歩き出す。道を知っているのは牡丹だから、沙耶よりほんの少しだけ前を歩いて行く。

「唇に飴を塗るというのは最近流行《はや》っているの？」

「はい。何と言っても乾燥しませんから、老いも若きも塗っています」

「それは楽しみね。牡丹はどうやって人形を頼まれたのかしら」

「うちの常連のお客さんから紹介されたのです。その人も人形なんですよ」

それならたしかに牡丹に目を付けるのはわかる。

「その人はどこかのお店のお嬢さんなの？」

「いえ。麦湯を売っている方だと思います。両国《りょうごく》で看板娘をやっているはずですよ」

なるほど、麦湯は看板娘の器量で売り上げが大きく変わる。人気の看板娘なら人形になるには十分だ。

深川を出て日本橋に向かう。橋を一本渡ると別の世に来たかのように空気が変わる。かりんとう売りの声でやかましい深川から、永代橋《えいたい》をわたって進み、八丁堀に入る。

八丁堀は武家の町だ。深川と違って通行人も静かなものである。

日本橋の方に向かって南茅場町《みなみかやばちょう》を歩いていると、角寿司《かどずし》の喜久《きく》が歩いていた。角寿司は文字通り道の角で寿司を売る。

寿司桶《おけ》を持って商《あきな》っているのである。

最近は握り寿司というのも出始めているが、喜久は昔ながらの箱寿司である。箱に飯と魚を詰めて押したものだ。

「こんにちは。沙耶さん」

喜久が笑顔を向けてきた。

「こんにちは」

沙耶も挨拶《あいさつ》を返す。喜久は沙耶の捕り物になにかと協力してくれる大切な相手だ。町を歩きまわっているから、情報も持っている。

「牡丹さんと一緒、ということは事件ですか？」

喜久は興味津々《しんしん》という様子だ。

「ええ。盗賊が出たようなの」

「どんな盗賊ですか」

「飴の店を専門に狙ってるみたいなのよ」

「飴？　それは変わっていますね」

そう言ってから牡丹の唇に目をやった。

「みつ飴を扱う店が狙われているっていうことですか」

「え、みつ飴を？」

「そうじゃなければ狙う理由がわからないですよ。ただの飴屋なんて狙ったって、湿《し》気《け》ってるでしょうからね」

「喜久さんも使うの？　みつ飴を」

「わたしは使いません。寿司を扱ってるので、唇に飴を塗ることはできないんです」

たしかに甘いものを塗ってしまっては、味に影響が出るだろう。

「結構甘いのかしら」

「多少は。かなり控えめですが甘くないわけではないですよ」

牡丹が言う。

「牡丹の飴を借りて塗ってみたほうがよかったわね」

よく考えたら相手の商品を知りもしないのに人形を買って出るというのも失礼な話である。まずは試してみるべきだろう。

「ここで塗ってみることはできるかしら」

「かまいませんが、わたしが使ったものしかありませんよ」

牡丹が遠慮がちに言う。

「それでいいわ。少し塗らせてもらってもいい？」

「わかりました」

牡丹は懐からみつ飴を取り出した。口紅みたいな入れ物は蛤《はまぐり》で、水飴が入っているように見える。

色も透明である。

牡丹から受け取ると、薬指に飴をつけて軽くすっと引く。普通の飴よりは抑えている感じだが、ほのかな甘みを感じる。

このくらいの甘さは舐めても気持ちがいい。

「結構美味しいのね」

「塗ったときの味の具合でも売り上げが変わるそうですよ」

「それはそうね。口に入るものですからね」

塗り終えると、二人に意見を聞く。

「どう。この格好でも平気かしら」

「綺麗《きれい》ですよ。沙耶さんならどんな格好をしてても良く似合います」

喜久が言う。

「ありがとう」

沙耶は礼を言うと、牡丹を促した。

「では行きましょう」

八丁堀から江戸橋を渡って日本橋北に入る。日本橋は商人の町だ。深川とは違って大店も多い。参拝客の多い深川とはまるで雰囲気が異なる。

それに何と言っても問屋が多い。魚河岸《うおがし》に米河岸など、大掛かりな店も多かった。

歩いているだけでなんとなく気持ちが浮き立ってくる。江戸の活気の中心地といえた。

化粧品や香り袋などを扱う店も多いから、どこからともなく甘い香りが漂ってくる。問題があるとしたら、その香りの中に鰹節の匂いが混ざることだろうか。

しばらく歩くと通油町だ。狐堂は、看板に狐の印が入っている。飴というよりも紅屋のような風情《ふぜい》があった。

「なんだか口紅を扱ってるみたいね」

「色のついた紅花入りのみつ飴もあります」

牡丹はそう言うと店の暖簾《のれん》をくぐった。

「こんにちは」

牡丹が挨拶をすると、手代《てだい》の男が笑顔を向けた。

「いらっしゃい」

店はなかなか繁盛しているらしく、十人ほどの客がいる。普通の飴も売っているが主役はあくまでみつ飴である。

沙耶も思わず商品を眺《なが》める。紅花入りはなかなか高い。蛤に入ったものは、ひとつ一朱もする。

「ずいぶんと高いわ」

沙耶は思わず値段に驚く。飴の値段は袋に入ってせいぜい四文。上等な菓子だって一個が十六文もすれば相当に高い。

それなのにみつ飴は二百五十文もするということだ。なるほど、喜久の言う通り狙いはみつ飴――。

「お菓子の値段とは思えないわね」

この高さでは買う人間などいないような気がするが、みつ飴の所には人が集まっている。どうやら人気があるらしい。

「本物の紅よりは安いじゃないですか」

牡丹に言われて納得する。たしかに本物よりは安価だ。

「どうですか。うちの飴のつけ心地は」

手代が声をかけてくると、客の視線が牡丹に集まった。唇を品定めするように眺めるのがはっきりとわかった。

牡丹は物怖じせずに、唇をツン、と付き出して見やすいようにする。

客たちは牡丹を見たうえで、あらためてみつ飴にむらがった。実際につけて見せる効果は抜群らしい。

「さすが牡丹さんだ」

手代が感心したように言う。

「今日はもっといい人を連れてきましたよ」

牡丹が沙耶を指し示すと、手代は嬉しそうな表情になった。

「沙耶様ですね。初めまして」

沙耶が名乗る前に手代が挨拶してきた。

「そうですけど、なぜわたしの名前を？」

沙耶が尋ねると、手代が声を出して笑う。

「失礼。日本橋で沙耶様の名前を知らない商人《あきんど》がいたら、それはもぐりというものでしょう」

「そうなのですか？」

「旦那《だんな》様と何度も捕り物をされているではないですか。誰でも知っていますよ」

「ありがとうございます」

どう言って返したものかわからないので、とりあえず礼を言う。

「沙耶様たちが歩いているだけで盗賊が逃げていくような感じです」

そんなものなのか、と沙耶は思う。自分で言うのもなんだが最近は江戸の町にすっかり溶け込んでいるような気分ではあった。

「沙耶様につけていただけるならうちの飴もよく売れると思います」

言ってから自分がまだ名乗っていないことに気がついたようだ。

「失礼しました。手前は手代の定吉《さだきち》と申します。お世話になります」

定吉は柔和《にゅうわ》な笑顔で頭を下げる。こういう店は盗賊にとってどういう風に見えるのだろう。

「奥で少しお話ができませんか」

最近泥棒が飴屋を荒らしていることについて訊いてみるのもいいだろう。

「かまいません。では主人を呼んで参りますね」

手代はなにか察したようだ。沙耶と牡丹は店の奥の部屋に通された。

お茶を出されてしばらく二人で待つ。

割と上等のお茶で、甘みが強く深い味わいだった。店の繁盛を表しているようだ。

しばらくすると店の主人がやってきた。五十歳ぐらいだろうか、穏やかな表情だが目つきはやや鋭い感じがする。

「初めまして。清兵衛《せいべえ》と申します」

清兵衛は丁寧《ていねい》に手をついて挨拶した。

「突然すいません」

沙耶も頭を下げる。

「わざわざお話があるということは、泥棒のことですか」

どうやら商人の間ではもう噂《うわさ》になっているらしい。

「はい。飴屋を狙う泥棒がいるらしいのです」

「存じております。しかし一体どのようにすれば防げるのか、まるでわからない」

清兵衛は大きく溜息をついた。

「ここはまだ平気なのですか」

「幸い大丈夫です」

そうは言っても不安を隠せるような様子でもない。

明らかに繁盛しているだけに、いつ狙われてもおかしくないだろう。

「用心棒を雇うようなことはないのですか」

言ってから、あるわけがないと思いなおす。用心棒は給金が安いわけではない。千両狙われるならともかく、一両にも満たない盗みで用心棒を雇っては赤字である。店が対応できない金額を盗むあたり、なかなか性質《たち》が悪いと言えた。

それにしてもなぜ飴屋なのだろう。そのやり方ならどんな店でもよさそうなものだ。よけいなこだわりは危険を生む。

つまり飴屋を狙うというこだわりが、事件解決の糸口になりそうだった。

「用心棒は……ちょっとね。しかし、奉行所が乗り出してくれたのなら少し安心です。見捨てられているものと思っておりましたからね」

「奉行所は庶民の味方だと思いますよ」

だが、清兵衛は首を横に振った。

「残念ですが我々の味方とは言い難いです。呉服屋さんとか、金を持っている商人の味方はしてくれるでしょうが、賄賂《わいろ》を渡せない商人の味方をしてくれるわけではないですからね」

言いながら懐に手を入れた。中から三両出す。

「これをお納めください。店の宣伝をお願いするお礼です」

「こんなにたくさん」

「泥棒から店を守っていただくお守りでもあるのですよ」

清兵衛はそう言って笑った。

たしかに同心が出入りしていれば、泥棒には入られにくいだろう。

それにしても、なぜ飴なのだろう。沙耶はそれがどうしても気になったのであった。

牡丹と一緒に深川に戻ると、おたまが店の場所に立っていた。少々表情が曇っている。なにかあったのだろうか。

「おたま、大丈夫?」

おたまは売れっ子芸者の音吉《おときち》の妹分である。そろそろ独立の話もあるが、まだしてはいない。

「音吉姐《ねえ》さんの機嫌が悪いんです」

「珍しいわね」

音吉は面倒見がいいから、あまり不機嫌なところを妹分に見せたりはしない。

「もしかしてわたしに関係があるの？」

牡丹のところまで探しに来るということは、沙耶と関係ありそうだった。

「ええ。そうです」

おたまが言いにくそうにしている。

「言ってくれないとわからないわ。何か失礼でもしたのかしら」

「いいえ。沙耶様が牡丹と一緒に飴の人形をやるというので少々腹を立てているんです。うちに出入りの酒屋の娘さんが牡丹の店のお客で、ついさっき教えてくれました。そしたら、どうして自分に声をかけないのかって」

「そんなことなの」

「自分が沙耶様の中で『軽い』のではないかって思っているんですよ」

音吉は深川でも名うての売れっ子だ。そう簡単に声をかけては申し訳ないと思うのだが。音吉の中ではそうではないらしい。

「わかったわ。今から一緒に行きましょう」

案外子供っぽいことで怒るものだ。そう思いながら蛤町の方に足を運ぶ。

「でも音吉は芸者なんだから、飴なんて塗ってはいけないのではないかしら。きちんと紅を引かないと」

音吉は売れっ子だけに、紅も紅屋から提供されている。勝手に飴に替えてしまうわけにはいかないだろう。

音吉の住んでいる芸者長屋につく。中に入ると、音吉は曇った顔で火鉢の前に座っていた。

「ひどいじゃないか、沙耶」

顔を見るなり音吉が言った。表情もやや子供っぽい。

「ひどくないでしょう。売れっ子の音吉が飴なんかに手を出すものではないですよ」

「沙耶だって同心じゃないか」

「わたしはお役目があるんです。最近飴泥棒というのがいて」

「へえ？」

音吉の表情が、不機嫌から一変して興味深げな様子に変わる。捕り物に首を突っ込みたいという顔である。

しかし今回はさすがに芸者には関係なさそうな気がした。

「みつ飴の店を専門に狙う泥棒がいるのです」

沙耶は状況を説明した。音吉は面白そうに聞いていたが、最後まで聞くと何とも言えない表情になった。

「そいつは不思議な泥棒だね」

「でしょう？」

「案外金目当てじゃないのかもしれないね」

音吉が考え込む。

「でもお金を盗んでいるんですよ？」

「うん。それなんだけどね」

音吉が真顔で沙耶を見た。

「子供のころに心に傷を受けると、たまに盗み癖が生まれるんだってさ。どんなに金持ちになっていようと止められないって言うよ。だから今回の盗みは金目当てではなくて、何か不幸な理由があるんじゃないかな」

もしそうだとすると、犯人は何か罪滅ぼしのようなことをしている可能性もある。人の役に立つ反面で盗みをしているとなると、少々厄介だ。

人望のある相手を捕まえるのはなかなかに難しいからだ。

「どうしたらいいか全然わからないですね」

沙耶が溜息をつく。

「あたしも手伝ってあげるよ」

音吉が身を乗り出して言う。

「どんな手伝いをするんですか」

「芸者に行ってるときに、飴泥棒の話を広めるのさ」

音吉は胸を張った。

「これは内密なので、噂になっては困るんですよ」

「ええ……」

音吉が気持ちをくじかれた声を出した。

「内緒なのかい」

「迂闊《うかつ》な噂を立ててしまうと、みつ飴が御法度《ごはっと》になってしまうかもしれません」

「それも良くないねえ。一体どうしたらいいんだろう」

音吉が唇を嚙《か》んだ。

「それが簡単にわかったら、捕り物なんてすぐに終わってしまいますよ」

沙耶が言うと、音吉は声を立てて笑った。

「たしかにその通りだね」

そう言ってから、あらためて真面目な顔になる。

「手伝いたいっていうのは本当だよ」

「わかっていますよ」

音吉はいつでも大真面目である。それにしても内緒となると、みんなで調べるわけにもいかない。

沙耶一人では少し心許《こころもと》なかった。

「よし。じゃあいい手があるよ」

音吉が目を輝かせた。かなり自信があるらしい。

「なんですか？」

「二人で江戸のみつ飴を試して回ろうじゃないか」

そう言って胸を張る。

「そんなことをしても……」

意味がない。といいかけて、沙耶はふと思った。江戸でみつ飴を扱っている飴屋は十軒余りしかない。全部で盗み終わったら、飴泥棒はどうするのだろうか。やめるのか。別の商いの店に移るのか。

いずれにしても、飴屋を狙う理由があるのだろう。

だとすると音吉と飴屋を回ってみるのはいい方法かもしれない。噂になったとしても、みつ飴が気に入った、で押し通してしまえば……。

「そうですね。いい方法だと思います」

そのうち手がかりも摑《つか》めるのではないか。

「お願いしてもいいですか？」

「もちろんだよ」

音吉が胸を叩く。

「二人で行こうじゃないか」

言いながら牡丹に視線をやる。邪魔するな、という目である。

「お二人でどうぞ」

牡丹があっさりと譲る。

「二人はどうでしょうか」

おたまが不安そうな表情になった。

音吉は芸者としては一流だが、日常生活が上手なわけではない。思わぬところで世間知らずが表れるかもしれなかった。

「沙耶様。くれぐれも姐さんをよろしくお願いします」

おたまが頭を下げる。

「あたしが沙耶の面倒を見るんだよ」

音吉が睨《にら》む。

「そうですよ。お世話になりますね、音吉」

沙耶が頭を下げる。もっとも音吉のほうが年下だから、沙耶が世話をしてもおかしくはない。ただここは、音吉の気持ちを尊重したかった。

「どんな飴屋があるんだろうね。そもそもどこにあるんだい」

音吉が楽しそうに言う。

「日本橋が多いと思います。あとは深川でしょうか」

沙耶も店を全部把握しているわけではない。調べてみないといけないだろう。

「まずは両国に行ってみようじゃないか」

「両国にはないのではないですか？」

両国はたしかに繁華街だが、火除《ひよ》け地できちんとした建物は建てられない。そのため町がまるごと屋台でできている。

そして「なんでも四文」というのが両国の特徴である。蕎麦《そば》にしても、普通の四分の一の量にして十六文の蕎麦を四文で売っている。

「さすがにみつ飴は四文では売れないのではないですか？」

だが、音吉は自信がありそうだった。

「みつ飴に似たものを売ってるよ」

たしかに似たものなら売れるかもしれない。そう思うと「両国みつ飴」に興味が出る。いったいどのようなものなのだろう。

「わかりました。両国に行きましょう」

「そうだね。今日は座敷があるから明日の昼にしよう」

音吉は上機嫌な声を出した。楽しみにされている様子を見ると沙耶も嬉しい。お役目のことではあるので、沙耶自身は楽しむ気分とは少々異なるが。

「では今日は行きますね。お座敷の準備もあるでしょう」

準備がある芸者の家にあまり長居するものではない。今日のところは牡丹とともに帰ることにした。

「では明日来ますね」

「待ってる」

沙耶は牡丹を連れて音吉の家を出た。

「わたしはお払い箱ですね」

さして残念そうでもなく牡丹は言った。

「音吉がいない日に回りましょう」

「いえ。それでは音吉姐さんが納得しないでしょう。それにわたしはわたしでやることがありますから」

「やること？」

「お二人は店を回るのでしょう？　わたしは客を調べます」

どうやら牡丹は、みつ飴を使っている客から情報を得るつもりらしい。

「少々腑《ふ》に落ちないのです」

牡丹が考え込む。

「どのあたりが？」

「飴専門というのがおかしい。たいした儲けにもなりませんからね。音吉姐さんの言うように心の傷があるのかもしれませんが、別の狙いもありえるでしょう」

牡丹はあらためて言った。

「そもそも飴は人気ですが、店舗よりも行商のほうがずっと多いではないですか。価格も安いし、儲けは多くないです。わざわざ飴専門の泥棒というからには、目をそこに向けたい理由があるのではないでしょうか」

たしかにそうである。みつ飴で儲けている店があると言っても十軒余り回ればもう尽きてしまうのだから。同じ店に何度も泥棒に入るというのもおかしなことだ。

今回飴を狙う利点があるとすれば、盗みに入られたと届けられにくいことだろう。小額の盗みでは奉行所も対応してくれない。むしろ岡っ引きに払う心付けの方がずっと高くなってしまう。

泣き寝入りを狙って儲けの少ない商人を的《まと》にしているのかもしれない。

もし他の狙いがあるとしたら、それはどんなものなのだろう。飴とまったく関係のない商売が本当の狙いなのか、それとも隣接した商売を狙っているのか。

飴と隣接と言うと菓子なのだろうか。

「日本橋をぶらぶらしませんか」

「そうね。歩くのが一番ね」

沙耶も頷く。

そして沙耶たちは、昼すぎの日本橋をなんとなく歩くことになったのだった。

冬の日本橋は、路上のあちこちで酒を売っている。様々な店の近くで酒を温めて出しているのである。

酒もあれば、甘酒もある。焼酎《しょうちゅう》や麦湯、とにかく体を温められそうなものは何でも売っていると言ってよかった。

「酒はどうだい、甘酒じゃなくて甘い酒だよ」

一軒の店の軒先で声を張り上げている男がいた。

そこは紅を扱っている店だった。桔梗《ききょう》屋というらしい。なかなか繁盛している様子で、店の周りには女性客が多い。それだけに甘い酒というのを思いついたのだろう。

「おいくらですか」

沙耶が声をかけると、男は首を横に振った。

「お代はいいので、店を冷やかしてやってください」

どうやら店先の酒は呼び水で、中を見てほしいらしい。よく見ると店内には男の客もそれなりにいた。

「いただきます」

甘い酒というのに興味もあって、沙耶は酒を受け取った。酒は湯吞みに入れてくれる。人肌よりもやや熱いというところだ。

牡丹も受け取った。白く濁《にご》っていて、甘酒のようだ。

一口飲むと、たしかに甘い。どうやら酒と甘酒を混ぜて出しているらしい。

冷えた体にはてきめんに効く。

「美味しい」

「でしょう」

男は嬉しそうに言った。

「こいつは甘酒より効きますからね」

それから男は沙耶を見て言った。

「みつ飴を塗っておられますね。それはいいものだけど、それだけでは完全とは言えないですよ」

「どういうことですか」

「ちゃんとした紅を塗った上にみつ飴を塗ってやると、紅が引き立つんです」

「そうなのね」

「試してみますか？　沙耶様」

男はためらいもなく沙耶の名前を呼んだ。もうすっかり日本橋では顔が割れてしまって、隠密《おんみつ》の仕事はできそうもない。

これからはやり方も考えなければいけないのだろう。

「でもお高いのでしょう？」

「沙耶様が気に入って使ってくださるならお代は要りませんよ。その代わり沙耶様御《ご》用達《ようたし》と謳《うた》わせてもらいたいですね」

「そんなことでいいの？」

「もちろんですよ。この界隈《かいわい》で沙耶様といえば半四郎《はんしろう》にだって劣りません」

男が自信たっぷりに言った。

「そうなの？」

沙耶が思わず牡丹に訊く。

「そこは間違いないと思います」

自分ではその辺りはよくわからないが、そういう事なら好意に甘えてもいいのかもしれない。

「では一回試してみますね」

何が犯人をあぶり出すのに役立つかわからないから、何でもやってみようと思う。

奥の部屋に通されて、店の人間に紅を塗ってもらう。店の奥には女性が控えていて化粧周りはその人がやってくれるようだ。

「赤くしますね」

「はい」

赤くする、というのは、紅を薄く塗るということだ。紅は薄く塗ると赤いが、厚く塗ると深い緑みを帯びる。

金持ちを主張したいなら厚塗りだが、赤い紅を使っている人が圧倒的に多い。沙耶も赤の方が色として好きであった。

紅を塗った唇に、さらにみつ飴を塗る。

自分で言うのもなんだが、きらきらしていてなかなか艶っぽい。

「よくお似合いです。男の格好のところもいいですね」

店の女性が嬉しそうに言った。

「ありがとうございます」

実際やってみると、男装に口紅は役者のようで見栄えがいい。

「紅の上からみつ飴を塗るとよく目立ちます。うちも商売としてやってみたいんですよね」

「いい考えではないですか?」

「それが簡単ではないんですよ。紅屋が飴に手を出すわけにはいきません」

それはそうだ。江戸で他の事業をあわせてやるのはなかなか難しい。軒先で甘酒を売るくらいならかまわないが、他の職業を圧迫するとなにかと文句が出る。

「なので飴屋さんと手を組んでやろうと思っているのですがなかなか」

「難しいのですか？」

「飴屋さんのほうがうちを怖がっちゃってるんです」

たしかに紅屋と飴屋では店が扱うお金の額もまったく違う。

「飴屋さんは御用金《ごようきん》も払えない立場ですからねえ」

女性が溜息をついた。

御用金、と聞いて沙耶は不思議に思った。ただの店の者なら、そこまでは知らないのではないだろうか。

「もしかして旦那様の娘さんかなにかですか？」

「はい。娘の桔梗です。よろしくお願いします」

桔梗は丁寧にお辞儀をした。

「御用金ね……」

御用金とは幕府が財政不足を補うために課す年貢のようなもので、富裕な町人はおろか時には農民にまで課された。

無論、商人もこれを逃れることはできない。ただし店の売り上げを調べるほどの人員は幕府にはいない。

そこで各業種ごとに代表的な店、例えば呉服屋などがまとめて御用金を払ってい
る。

景気のいい業界はたくさん払うし、儲からなければたいして払わない。

菓子の中でも飴屋となるとほとんど払わないといっていい。そのかわり奉行所の対
応も悪かった。あまり守って貰えないというわけだ。

ふと、桔梗が問う。

「最近飴屋さんからお金を盗む人がいるんでしょう?」

どうやらもう噂になっているらしい。

「どなたから聞いたのですか?」

「父です。父は盗みにあった飴屋さんにお金を用立てているのです」

「なぜですか?」

それは少し驚きである。みつ飴の飴屋にお金を用立てても、この店にいいことはな
いだろう。

「自分の店だけで儲かっては駄目だって。手を組んでくれる飴屋も儲からないといけ
ないということです」

それはなかなか立派である。沙耶は感心した。

「そちらの方もどうぞ」

桔梗は牡丹に声をかけた。

「はい」

牡丹も唇を塗ってもらう。

こちらはまず唇に少し墨を塗り、その上から紅を塗った。赤がややくすんだ色になって大人びて見える。

幼さの残る牡丹の容姿を引き立てるような感じがした。

「すごい。よく似合うわ」

「ありがとうございます」

牡丹が嬉しそうに言った。

そのとき、店の奥から主人がやってきた。

「これはこれは。ようこそお越しくださいました、沙耶様」

店主は両手を畳につくと丁寧にお辞儀をした。

「紅屋桔梗屋の山岸丙五郎《やまぎしへいごろう》でございます」

桔梗屋は四十歳ほどだろうか。柔和な表情をしていた。たしかにこういう人なら飴屋にも援助しそうである。

「初めまして。紅藤《くどう》沙耶と申します」

沙耶も挨拶を返す。

「沙耶様にうちの紅を使っていただけるとはありがたい限りで」

桔梗屋は笑顔になった。

「いえ。みつ飴を競争相手とは見ないで、一緒に商いをしたいと思っているのですね」

「ええ、自分が総取りしようなどと考えるのは下策ですよ」

桔梗屋はきっぱりと言った。

「もし飴屋が困窮すればかならず商品の質を下げる者が現れます。紅でもなんでも質が下がったものが多く出回れば、客に見捨てられます。人々は買い物を嫌うようになり、それはやがてすべての商いに影響を及ぼすでしょう」

たしかに全体のことを考えればそうだ。それでも自分のことだけを考える人のほうがずっと多いだろう。

沙耶は桔梗屋に好感を持った。

「いつでもうちの紅をお使いください。ところでその飴はどこのものですか？」

「通油町の狐堂さんです」

「ああ。みつ飴の質はあそこが一番ですね」

桔梗屋が大きく頷いた。

「みつ飴屋さんの質もご存じなんですか？」

「これから組もうとする相手ですからな。どの店がいいか、品定めをしています」

どうやら飴屋を回っているらしい。商売熱心な印象だ。

「ではせっかくなので日本橋を歩いてきます」

沙耶は牡丹を連れて店を出た。

日本橋は行きかう人々で賑《にぎ》わっている。江戸の中心だから当然とも言える。そのうえに冬場は出稼ぎが多い。

特に冬場は北から「椋鳥《むくどり》」と呼ばれる季節労働者がやってくるから、あちらこちらでなまりが聞こえてくる。

地方は農閑期には仕事がない。北からの出稼ぎとなるとどうしても江戸ということになる。だから冬の江戸は少々人口が多かった。

江戸に来た地方の人が盗みを働いたということはあるのだろうか。いや、飴屋を狙うなら土地勘がないと無理だ。

内部の犯行とまでは言わないが、近隣の人間ではあるだろう。

「それにしてもいろんな人がいるわよね。日本橋は」

今さらながら沙耶は息をついた。この中に悪い人がいると言われても、見つかるわけがなさそうだ。

「沙耶様。顔が怖いですよ」

牡丹が声をかけてきた。

「そう？」

「犯人はどこだ、みたいな顔をしてます。そのような顔では犯人も逃げてしまいます」

「そうね」

沙耶は自分の頬を両手で揉《も》んでみた。少し強張《こわば》っている。よほど険しい顔をしていたのに違いない。

「少し気持ちを落ち着けないと」

「一石橋《いっこく》の木戸番《きどばん》に行ってみるのはいかがですか？」

「わざわざそう言うってことはなにかあるの？」

「みつ飴だけを見ているから忘れているでしょうが、飴は本来誰が舐めるものですか？」

「子供でしょう」

「そして一石橋にはなにがあるでしょう」

「あ、そうね」

日本橋は毎日大量に人が通るから、その中で迷子が出る。隣の一石橋には迷子を預かる場所が用意されていた。

そして子供たちを鎮めるために、一石橋の木戸番は飴や駄菓子を大量に準備していたのである。販売もしていた。

「駄菓子なんて長い間食べてないわ」

「たまにはいいでしょう」

牡丹が楽しそうに笑う。

たしかにたまにはいい。沙耶は一石橋の方に歩みを向ける。

橋が近づくと、子供のやかましい声が聞こえてくる。大声を出したり笑ったりと実にけたたましい。

「なにか買って行った方がいいのかしら、子供たちに」

「そんな心配はご無用です」

牡丹の口調からすると、なにやら自信ありげである。

一石橋の南詰《みなみづめ》に迷子を集める場所があった。子供たちはさぞ不安だろうとも思ったが、案外笑い声が多い。

孫が大きくなってしまった老夫婦などが、菓子をやりに来ているのである。だが大福などではなく、みな一文菓子だった。

「あまり高いものはあげないのね」

沙耶が言うと、牡丹が大きく頷いた。

「家に戻って、またあれが食べたい、と子供が言ったとき、高いお菓子だと親が困るかもしれないでしょう。一文菓子なら負担もないです」

なるほど、と納得する。それにしても菓子をあげている側も幸せそうだ。

見ていると、月也が楽しそうに子供の相手をしていた。

「月也さん?」

声をかけると、月也が嬉しそうに手を振った。

「お、沙耶。こんなところでどうした」

「月也さんこそ」

「俺は見廻りだ。このあたりに火がつくと大変だからな」

たしかに橋が燃えてしまうようなことがあっては大惨事だが、迷子の相手をしなくてもよさそうなものだ。

「なに。飴泥棒というのはどんな飴が好きなのかと思ってな。ここならいろいろな飴が見物できるかと思ったのだ」

それから月也は溜息をついた。

「だが一文菓子ばかりだ。飴といってもほぼ水飴でな。肩透かしさ」

そういうと笑い声をたてた。

「しかし久し振りに水飴を食べて旨《うま》かったぞ」

「今度二人で食べましょう」

沙耶は笑うと、水飴のことを考えた。

水飴は普通の飴と違って砂糖を使っていない。麦の自然な甘さだから砂糖の半分くらいの甘さである。

それが好きという人もいるが、子供などはもう少し甘みの強い黒砂糖の菓子のほうが好きだ。

といっても値段も安いので人気ではあったが。

「それにしても、世の中にはいい奴がいるものだな」

月也が感心したように言った。

「いい奴とは？」

「あれを見るといい」

橋のほうに目をやると、「桔梗屋」の文字の入った半纏《はんてん》を着た女性たちが飴を配って回っていた。

「ああやって飴を配っているのだ。感心ではないか」

「やるものですね」

牡丹も感じ入った声を出す。

「やるもの、ってどういうこと？」

「紅を含めて化粧品を扱う店は評判が命なんですよ。だから紅におまけでなにかつけてお得感を出すとか、善行を積んで店の名前を憶《おぼ》えてもらうんです」

「たしかにここなら親が憶えてくれるわね」

それは印象が強いだろう。

「いや、でもいい奴じゃなければ善行は選ばないだろう」

どうだろう、と沙耶は思う。しかし桔梗屋に会った人柄からすると「いい奴」というのも間違っていない気がした。

月也は子供たちにまとわりつかれていた。

「こら。もう飴はないぞ。微塵棒《みじんぼう》も品切れだ」

子供を追い払おうとしてもすっかりなつかれている。

「あいかわらずですね」

牡丹がくすくすと笑った。

「子供に好かれる同心は珍しいです。たいてい逃げていきますから」

同心はいつも怖い顔をして歩いているから、子供に好かれることはまずないといっていい。

「とにかく夜にまた会おう」

月也は沙耶に見られたのが恥ずかしかったのか、そそくさと行ってしまった。

「一体どうしたのかしら」

「沙耶様との子供を想像していたのかもしれませんよ」

牡丹がからかうように言う。

「可愛いでしょうね」

「やめてよ」

牡丹に言いながら顔が赤くなる。

そろそろ子供を作ってもいい頃ではある。月也もそんなことを考えていたのだろうか。

「沙耶様の子供は愛されて育ちそうです」

牡丹は嬉しそうに言った。

「では木戸番に行きましょう」

牡丹が先に立って歩いていく。

木戸番の前には、人だかりができている。どうやら駄菓子を買うための列のようであった。

「この行列って……」

「子供たちにあげるお菓子を買う人の列です」

「こんなに？」

「木戸番の菓子なんて一文ですからね。子供の笑顔が見たくて買うんですよ」

なるほど、と沙耶は感心した。たしかに隠居している老人たちからすると、一文で笑顔が買えると思えば安いものだ。

木戸番は給金がないから、ここでは駄菓子を売って生計を立てているのだ。この繁盛具合なら相当な儲けになるだろう。

「ここに並ぶのも気が引けるわね」

「でも並ぶのは楽しいですよ」

牡丹に言われて考える。そういえば並んでいる人はどのような会話をしているのだろう。

「そうね。そうしましょう」

興味もあって列についてみる。客の多くは五十代の夫婦であった。どうやら孫に駄菓子を与えるような気持ちらしい。

話題もたわいない近所の話である。迷子に駄菓子を与えるというのが娯楽になるとは考えたこともなかった。

その中に一人、妙に思い詰めた顔の女がいる。年の頃は三十歳ほどか。一人だけ笑っていない。

もしかして、子供をさらおうとしているのではないか。そんな気がする。

江戸では結婚していても子供がいない女は肩身が狭い。自分の子でなくとも、と思う女がいてもおかしくない。

沙耶は少し考えて声をかけることにした。

いずれにしても悩みのない顔ではない。

沙耶は女のところに行き話しかけた。

「あの。少しいいですか？」

女は、沙耶の姿を見るなりあわてて逃げだした。悪いことをしているようには見えないが、逃げるなら追いかけるしかない。

するすると牡丹がするすると前に走っていった。

牡丹は走ることができるのか、と沙耶は驚いた。江戸の人間の多くは走ることと泳ぐことができない。土座衛門《どざえもん》が多いのも泳げないからだ。

走るのは飛脚だけができることだ。

いつの間にそんな技を身につけたのだろう。

考える間もなく牡丹は女を捕まえた。女は座り込んで泣いている。これではこちらが悪人のようだ。

「いったいどうしたのですか？　いきなり逃げ出して」

「出来心なんです。許してください。道に落ちていたから」

どうやら道に落ちた金を拾ったらしい。拾ったものをそのまま懐に入れるのはなかなか重い罪だ。額によっては打ち首もありえる。

「いくらですか？」

「四文です」

消え入りそうな声で言う。

「いくらなんでも四文では罪に問われないですよ。そのお金で一文菓子を買おうとしたのですか？」

「はい。子供が病で」

身なりからしてもどうやらお金はないらしい。子供の命ははかない。風邪《かぜ》をこじらせただけで死んでしまうし薬はとても高い。

もしかしたら最後に菓子でも、と思ったのかもしれない。

「お子さんの具合はどうなんですか？」

「かなり悪くて。せめて水飴を」

女はうめくように言う。たしかに水飴は栄養がある。風邪で弱った体にもいいだろう。まずは子供になにか食べさせたほうがいいと思われた。

「とにかくお子さんのところに連れて行ってください」

女の住まいは柳《やなぎ》橋のすぐそばにある長屋であった。人が通る音がやかましいのであまり人気のない長屋らしい。

子供は八歳。かなり弱ってはいたが死ぬというほどではないだろう。しかし風邪で熱が高い。

「これなら平気です。お粥《かゆ》を作りましょう」

牡丹がてきぱきと働いた。濡れた手ぬぐいを子供の額に当てる。

「風邪にはこれが一番です」

そういうと手早く買い物に行った。家には米もなにもなかったからである。沙耶は戻った牡丹とともに粥を作る。

米に三割ほどの麦を入れ、すり下ろした生姜《しょうが》と水飴を入れる。

甘いお粥を、子供はよろこんで食べた。

「これで汗をかけばすぐ治ります。それにしても、ここはわりと稼ぎやすい場所です。あのような顔で思い詰めなくてもいいのではないですか?」

沙耶は思わず訊いた。

いくら女の身でも、柳橋のそばなら花街も近く人通りは多い。日銭を稼ぐ方法はいくらでもあるだろう。そこまで飢《う》えなくてもすむような気がした。

「じつはお金を盗まれてしまったのです」

「誰にですか?」

「わかりません。掏摸《すり》ではないかと思います」

どうやら子供に食べさせるものを探しているときに掏《す》られたらしい。それでお金がなくなって困っていたのだろう。

これればかりはどうしたらいいのかわからない。多少のお金を包むことはできるが、それで解決したことにはならないだろう。

「普段のお仕事はなにをされているんですか？」

「麦湯を売っていたのですが、暇《ひま》を出されまして」

「なぜ？」

「顔が辛気《しんき》臭《くさ》いと言われました」

なるほど、と沙耶は思う。麦湯は看板娘で売り上げが決まる。子供のことが心配で顔に出てしまったのだろう。

ひどいようだが店にとっては大問題だ。

「だとすると麦湯売りは難しいのね」

「女郎というわけにもいきませんし」

「そうね」

沙耶も頷く。女が稼ぐのに一番手っ取り早いのは女郎である。しかし生活をささえるほど稼げるかというとそれは違う。

吉原《よしわら》で有名な遊女になる、というようなことがないと女郎は案外稼げない。他の職業の合間に副業としてやるならともかく、本業としては心許ない。

おまけに病気になったり追いはぎに狙われることもあるから、そうそう女郎にはならないものなのである。

しっかりした店で遊女になるとするなら、麦湯よりも難易度は高い。

「すぐに笑顔と言われても困るでしょう。でも仕事には心あたりがありますよ」

牡丹が言う。

「なんの仕事なの？」

「一石橋の手伝いです」

「ああ。飴を配るお手伝いね。でもあれで生活できるのかしら」

「そんなにお金はもらえないでしょうが、賄《まかな》いをつけてもらえるなら生活していくことはできるでしょう」

牡丹が言う。たしかに食事が出るならなんとかなりそうだ。

「わたしなんかが雇ってもらえるんでしょうか」

女が不安そうな声を出した。

「そこは頼んでみるしかないでしょう。牡丹といいます。よろしくお願いします」

そういえば名乗っていなかったと気が付いていて、沙耶も挨拶をした。

「紅藤沙耶と申します」

「あ、すいません。鶴《つる》です」

女が頭を下げる。

「旦那さんはどちらに？」

沙耶が訊いた。子供がいるからには父親もいるはずだ。

「それが出稼ぎに行ったまま一ヵ月も帰らないのです」

鶴は不安そうに目を落とす。

「どのような仕事なのですか？」

「定職についてくれなくて。そろそろ子供が大きくなるから、と頼んだら仕事を捜すと言って出掛けて帰ってこないのです」

「大家さんには相談したのですか？」

「なかなか、恥ずかしくて」

鶴が目を伏せる。

夫に職がないとなるとまずは大家の出番である。大家の紹介があればたいていは仕事にありつくことができる。

だから定職がないとなると、本人が仕事に前向きでないということだろう。夫が帰ってこないという心労もあるに違いない。

「それにしても一ヵ月は長いですね」

牡丹が腕を組んだ。

たしかにそうだ。江戸という町は「自分の家に毎日帰る」のが基本だ。そもそも長屋だから安いので、何日も宿に泊まるのは金銭的になかなか難しい。

だから一ヵ月もいないとなると、泊まり込みの仕事ということになる。

といってもそんな仕事はそうそうはない。

なにか悪いことに巻き込まれてないといいのだが。

沙耶は思わず心配してしまった。同心として歩いているから、つい犯罪を想像してしまうのは悪い癖だ。

「旦那さんが帰ればすべてうまくいきますよ」

「はい」

「なんという旦那さんなんですか？　名前とか特徴とか」

「松吉《まつきち》です。三十歳になったばかりなんです。手先は器用だし人にも好かれやすいんですよ」

言いながら鶴は少し誇らしげだった。松吉のことが好きらしい。そう言っているときの表情は明るくて、さっきまでとは別人のようだ。

「それなら仕事も見つかるでしょう」

「それが」

鶴はふたたび表情を曇らせた。

「なにをやっても続かないんです」

器用なあまりかえって仕事が長続きしないという人はいる。松吉はそういう人間なのだろう。

「それなら夫婦でやれる仕事があるといいですね」

「あるでしょうか」

鶴の表情は真剣である。

「まずは旦那さんを見つけないと」

「博打《ばくち》にでも手を出してないといいのですが」

「そうですね」

博打にはまっていると厄介だ。博打というのは、単純に金のやりとりをするだけではない。賭場《とば》に人間関係ができてしまう。仲間になってしまうのだ。

そうすると仲間から悪い仕事も回ってくる。そうやって抜けられなくなっていくのである。

もし器用なら好かれやすいだろうから、心配である。

「なにか顔に特徴がありますか？」

「額に大きな傷があります。本人はいきがってますが、柱にぶつかったときに釘《くぎ》が飛び出していて怪我《けが》をしたのです」

言いながら鶴は思い出し笑いをしている。

しかしその特徴ならなんとかなりそうだ。

「とにかく桔梗屋さんに頼んでみましょう」

牡丹が言う。

沙耶も一緒に行くことにした。

「なんだか自信ありげね」

長屋を出ると、沙耶は牡丹に声をかけた。

桔梗屋がいくらいい人とはいっても、そう簡単に誰かを雇うというわけにはいかない気がする。

「多分平気です」

牡丹はあくまで自信があるようだ。

「牡丹は桔梗屋さんとは前から知り合いなの？」

「お孫さんはうちのお客ですが、会ったのは初めてです。あちらはわたしのことは知らなかったでしょうが」

「それなのに自信があるの？」

「はい。なんといっても紅屋ですからね」

「紅屋になにか関係があるの？」

「沙耶様は、例えば紅屋が三軒あったとして、どこが一番いいかすぐわかりますか」

そう問われるとたしかにわからない。なんとなく評判がいいとか、知り合いが使っているというくらいなものである。

牡丹は沙耶の表情を見てにこりとする。

「沙耶様も適当に選んでいるでしょう」

「そうね」

「みんなそうなのです。だから紅屋にとっては宣伝が一番。そこで今回の話です。子供が病気で仕事もない女性が働いていると知ったら、江戸っ子は同情しますからね。彼女の給金くらいすぐに出ますよ」

「その通りね」

それなら桔梗屋も首を縦に振りそうだ。

牡丹の読み通り、桔梗屋はふたつ返事で引き受けた。

「すぐにうちに出入りの読売《よみうり》を呼びますよ。その人を連れてきてください」

桔梗屋の顔は輝いていた。

「ではそれはわたしがやります。沙耶様はそろそろいい時間でしょう」

なんだかんだでけっこうな時間が経っている。今日のところは家に帰ることにした。

牡丹と別れて家に帰る前に、魚屋に寄る。

「こんにちは」

日本橋にある「魚政《うおまさ》」である。魚政は鮮度と気風《きっぷ》で人気があって、沙耶もよく使う。看板娘のかつは男装をしていて、おかみさんたちにも好かれていた。

「沙耶さん！」

かつは沙耶を見ると声をかけてきた。

「今日はいいのが入ってますよ」

そう言うと、見事なブリの切り身を見せてくる。

「これは煮ても焼いても最高ですよ」

たしかに綺麗な身である。

「三切れ包みますね」

言いながら、かつは沙耶のほうを見た。

「もし焼くなら、大根おろしをたっぷり用意してから、塩をうんと効かせて焼くといいですよ。こんなに塩振っていいのかな、ってくらい」

「そうなの？」

「ええ。そして食べて、塩辛いって思ってから大根おろしを口にふくむと最高に美味しいんですよ」

そう聞くとやってみたくなる。

沙耶はブリを受け取ると、そそくさと家に戻った。

かつが言うからには美味しいのだろう。今日はお酒も飲もうと思う。牡丹といて楽しかったが、月也がいないのが物足りなかった。

沙耶は同心の妻として夫の帰りを待つことはない。いつも隣を歩いている。体は疲れるが、寂しいということはない。

だから月也と何日か離れるのはなかなか寂しい。月也の方は平気なのだろうか。今日は少し尋ねてみよう。

家に着くと料理の準備をする。

大根は食べる前におろさないと風味が落ちてしまうので、葉っぱだけを切ってひと塩しておく。

ブリは焼くことにして、軽く塩を振った。そうすると身から水が出て臭みがとれるのである。

そして今日は豆腐を焼くことにする。焼くときの豆腐は硬い方がいい。江戸の豆腐はたいてい硬いのだが、その中でも縄で縛って持ち帰ることのできる特別硬いのがある。

水気が少ないので冷や奴などには向かないが、焼くとどっしりしていて食べごたえがある。沙耶には腹に重いが、月也にはちょうどよかった。

今日は夕餉《ゆうげ》に飯も炊くことにした。普段は朝炊いたものを夜も食べるのだが、沙耶は時折夜にも炊く。炊きたてを月也に味わわせたいのだ。

米を研ぎ水にひたして待つ。冬は夏より長くひたしておくのである。冬の飯は旨い。冷えた水につけた方が米は美味しくなるらしい。

日が落ちた頃に月也が帰ってきた。

すぐに足湯と熱燗《あつかん》を用意する。このときの熱燗は「酒をお湯で割ったもの」だ。普通の熱燗の方が味はいいが、この方が手早く温まる。大ぶりの湯呑みで出すことにしていた。

月也も最近はこの飲み方が好きらしい。

月也が足を洗って酒を飲んでいる間に料理にとりかかる。まずはブリを軽く洗ってから、思いきり塩を効かせる。

そうして火にかけた。

しゅうっという音がして脂が出てくる。冬のブリは脂が乗っているから、火にかけたときに出る音が少し大きい。

しっかりと火を通してから、手早く皿に盛る。焼いている間に作った大根おろしは別皿にどっさりと盛った。

ご飯と味噌汁、魚を月也のところに運んでから、豆腐も持っていく。魚は七輪で焼くのがいいが、豆腐は火鉢で炙《あぶ》るのがいい。豆腐の上に味噌を載せて運ぶ。

「お。よさそうだな」

月也が嬉しそうに体をゆらす。

豆腐を火鉢の上の網に置く。日本酒を入れたちろりは火鉢に入れてあって、そろそろ温まる頃である。

「魚を口に入れてから、あとで大根おろしを食べてください」

言いながら月也の前に料理を並べた。

「沙耶も早く」

言われるままに沙耶も席につく。

月也はさっさとブリを食べ始めた。

「これはすごいな。塩が効いている」

月也が驚いたような声を出す。

沙耶も箸を伸ばした。

塩の味が先にきて、あとからブリの脂の風味が追いかけてくる。それだけだといかにも塩辛いが、大根おろしを口に入れると塩味がすっと消えてブリの旨みが残る。

大根おろしとブリの旨みが口の中でうまくとけあっていくようだ。

「おかわり」

月也があっという間に飯を飲み込んでしまった。

おかわりをよそうと、沙耶は豆腐の様子を見た。

火鉢で炙られた豆腐はちりちりといい具合に底が焦げてきている。上に載せた味噌もとろりとした風情だ。

皿に移して月也に渡す。味噌には細かく刻んだ唐辛子《とうがらし》を混ぜてあるから、月也も気に入るに違いなかった。

「旨いな」

月也は飯をかき込むと、あらためて言った。

「しかし沙耶が目の前にいないと旨くない」

月也が溜息を混ぜて言った。

「わたしもですよ」

沙耶が言う。

「明日は音吉と両国に行きますが、次からはやはり二人で回りましょう。もうわたしたちも有名ですから、どうせ隠密はできません」

顔が割れてしまっているのだから、二人でも同じことだろう。

「そうだな。そうしよう」

沙耶としても月也と二人がやはり落ち着く。たまに他の人と出掛けるのも悪くはないが、それは月也という日常があってのことである。

「しかしこのブリはいい味だな」

「月也さんのはふた切れありますから」

「うん。そして大根おろしがいい。ブリだけだと塩辛くて食べにくいだろうが、大根おろしが一緒だとブリの旨みが何倍にもなる。これはまるで沙耶のようだ」

そう言われるとなんだか恥ずかしくなる。

明後日《あさって》からまた月也と一緒だと思うとなんだか心が落ち着いて、明日音吉と出掛けるのが楽しみになってきた。

そして翌日。

沙耶は元気に音吉の家を訪れたのだった。

「いらっしゃい」

音吉はきちんと用意をすませていた。深川芸者風の男まさりな格好ではなくて、きちんと女らしい身なりである。

梅とほととぎすをあしらった金春色《こんぱるいろ》の着物である。下駄《げた》の鼻緒も紅絹に梅をあしらったものであった。

音吉の美貌もあいまって、歩いているだけで人目を引くのは間違いない。

「ずいぶんと女らしいですね」

「沙耶が男らしいからね」

どうやら音吉の中では男女一対として歩きたいらしい。

沙耶は小者といっても武家だから、黒の着流しに十手という姿である。だから金春色の音吉と並ぶと同心とその情人という形に見える。

もっとも音吉と沙耶は両国でも有名だから、旅人でもなければ誤解はしないだろう。

おたまが沙耶に頭を下げる。

「音吉姐さんのことをよろしくお願いします」

「大丈夫ですよ」

沙耶は頷くと、音吉と歩き出した。

「それにしてもいったいなんだって飴屋なんて狙うんだろうね」

音吉は気になって仕方がなかったらしい。歩くなり話し始めた。

「そうですね。いったいどんな理由というか、それで得をする人がいるんでしょうか」

沙耶も首をかしげる。

小銭稼ぎなら無差別に盗むべきだ。これではまるで捕まえてくれといわんばかりの盗みである。なんの意図もなくやっているとはやはり思えなかった。

盗んで誰かが得というよりも、盗まれて誰かが損をするのかもしれない。この場合は盗まれた飴屋たちだろう。

飴屋たちが困ることで得することがあるとしたら、その人が犯人かもしれない。

両国に着くと、朝から混み合っていた。小さな買い物からいろいろな食べ物、芝居など両国は娯楽が街の形をしたようなところである。

歩いているだけで楽しい。

「飴の前になにか食べよう」

音吉が言う。

「ここはなんでも少しですからね」

「鰻丼なんかもあるんだね」

しかし鰻丼は一杯で百文はする。いくら少なくとも四文では無理そうだ。気になって近寄ってみる。

茶碗の上に本当に小さい鰻のかば焼きが載っている。沙耶の親指の爪くらいである。

「これは小さいわね」

思わず声が出た。

「ところがこいつが旨いんだな」

店主がにやりと笑う。

「この鰻は小さいけどね。飯の上のタレと山椒《さんしょう》は極上だ。食べてみればわかるよ」

音吉と二人分頼む。

茶碗を受け取ると、鰻のいい香りがした。口に入れると鰻の身の甘さが舌の上で溶ける。身が小さいから一瞬で消えてしまうが質はいいようだ。

そしてタレと山椒が美味しい。これはタレで飯を食べるときについでに鰻がついてくるといってもいい。

「美味しいですね」

「おう。自慢の鰻丼さ」

両国の飲食店は安いなりの工夫をこらしているのである。

しかしなまじ食べてしまうとかえって空腹になる。

音吉が腹を押さえた。

「あんな量を食べるとむしろお腹がすくね」

「そうね。どうしましょう」

「寿司まねといこうか」

音吉が言う。寿司まねはおにぎりの一種である。ただし握った飯の上に具が載せてある。寿司と違って寿司飯は使っていない。

四文なので寿司まねは小ぶりである。

具は梅干しと、鮭。二種類だ。

「ふたつずつください」

声をかける。

「あいよ。今日も別嬪《べっぴん》ですね。お二方」

店主が声をかけてくる。

「わたしたちをご存じなんですか？」

「沙耶様と音吉姐さんだろう。知らないのはもぐりだね。それであれだろ。今日は隠密廻りってやつだろ」

店主がしたり顔で言う。

「どういうことですか？」

「沙耶様が旦那様と歩いてるときは普通の見廻りで、他の人と歩いてるときは隠密の用事なんでしょう？」

店主の表情はいかにも得意げである。

たしかにその通りではある。

よく考えなくとも、同心には休みがない。小者の沙耶だけ遊びに出かけるということもあるはずがなかった。

つまり沙耶が月也以外と一緒にいるというのは「事件を追っている」と自分で白状しているようなものなのだ。

「それって盗賊にもわかってしまいますか？」

「半々じゃないですか？　両国界隈に住んでる盗賊でもいればわかりますが、よそから盗むために来ていたらわからないでしょう」

それもそうだ。しかししっかりと下調べする盗賊にはわかってしまうだろう。

「それだと犯人を捕まえにくくなってしまうわね」

沙耶がいうと、店主は大きく首を横に振った。

「とんでもない。捕まえやすいはずですよ」

「なぜですか？」

顔がわかってしまって捕まえやすいということはないだろう。火盗改《かとうあらた》めなどは顔がわからないようにいつも編笠をかぶっていたりする。

「沙耶様と旦那様は、自分で調べて自分で犯人を見つけるからそう思うんでさ。たいていの同心は岡っ引きに任せっきりでしょう」

「そういう人もいるわね」

同心、特に定廻りは忙しい。いちいち事件を調べていたら縄張りを回りきれない。だから岡っ引きが犯人を捕まえて番屋に連れてきたときだけ調べるのだ。

沙耶たちは決まった仕事はないから、岡っ引きに頼らずに自分でやれるというわけだ。

「沙耶様は岡っ引きを使わないから、俺たちは期待してるんです」

たしかに岡っ引きはガラが悪い。ゆすりやたかりも多い。

その意味では月也には安心感がありそうだ。

「あたしはなんで有名なんだい？」

音吉が口を挟んできた。

「こう言っちゃなんだが、ただの芸者だよ」

「なに言ってるんですか。音吉姐さんといえば下の者の面倒見がよくって置屋相手に喧嘩《けんか》ばかりしてるって評判ですよ」

店主に言われて音吉は赤くなった。

「それはあまりいい評判じゃないね」

「そんなことはないですよ。音吉姐さんを応援している奴はいっぱいいます」

店主は大真面目に言う。

曲がったことの嫌いな音吉だから、いつの間にか噂になっているのだろう。

「そろそろ飴を捜そう」

照れた音吉が沙耶の袖を引いた。

「飴ってなんだい？　いろいろあるぜ」

両国で店を出している人間なら、たしかに多くを知っているだろう。

「みつ飴を出してる店がないかと思って」

言いながら沙耶は自分の唇を指さした。

「ああ。それなら一軒だけだな」

店主は頷いた。

「両国橋の東詰にいるよ」

「ありがとうございます」

東詰というとかなり混んでいるあたりである。沙耶は音吉を連れて足を運んでみた。

店の前には列ができている。

一朱もするものを四文で買えるとなったら、誰でも興味を持つだろう。

列に並んでみると「みづ飴」というのぼりが立っている。

「これはかなりのインチキだね。みつ飴と書くと嘘になるから、文字を変えてごまかしてるんだ」

「でもなんだか両国らしいです」

沙耶はくすりと笑った。

安くていいものもあるが、インチキも多い。それが両国らしさといえた。

沙耶の番が来た。見ると、「ひと塗り四文」と書いてある。筆で唇をひと塗りして四文ということだろう。

「お願いします」

そういうと、飴屋の主人の顔が少し強張った。

沙耶のことを知っているのだろうか。

「どうかしましたか？」

「いえ」

すぐになにごともなかったような表情に戻る。

しかし沙耶を見て顔色を変えるということは、何かしら後ろめたいことがあるのではないかと思われた。

と言っても、この男が飴泥棒であると決めつけるのは早すぎる。

店は繁盛しているのだし、わざわざ盗みを働く理由はなさそうだ。

もしかしたらここで店をやっていることを咎《とが》められると思ったのかもしれない。両国の店は岡っ引きに場所代を払ってやっている。しかしこの男は場所代を払わずにこっそりやっているのではないか。

「あんた見ない顔だね。仁義は通しているんだろうね」

音吉が問いかける。

「もちろんです」

男が消え入りそうな声で返事をした。これは内緒で店をやっているに違いない。こういうもぐりの営業は性質《たち》が悪い。

岡っ引きが場所代を取るのもどうかとは思うが、周りの店に迷惑をかけてしまうかもしれないもぐりは、いいことはないのである。

「どこの親分さんと話をしているのですか」

沙耶が尋ねると、男は急に店をたたみ始めた。

「逃げなくていいですよ。咎める気はないのです」

「本当ですか？」

男が信じられないという表情で沙耶を見る。

こちらの言うことを疑うのもよくわかる。町人の弱みを揺さぶるようにして金品を巻き上げることを「ゆすり」という。

性質の悪い同心の行動からきた言葉である。

沙耶にいくら巻き上げられるのか、と思ったのだろう。

「わたしを知っているのですか？」

「知らないけど、十手持ってるじゃねえですか」

男は怯《おび》えた声で言った。

どうやら男は本当に沙耶のことを知らないようだ。

「ヤサはどこなんだい」

音吉が面白がっているような声を出した。わざわざガラの悪い言葉を使っている。

「浅草《あさくさ》です。田原町《たわらまち》の長屋にいる甚六《じんろく》ってケチな野郎で」

男が頭を下げる。田原町といえば古着の街である。しかし古着はさすがに四文で売るわけにもいかないだろう。

「どうして飴を売ろうと思ったの？」

沙耶が聞くと、男は少々いいにくそうな顔をした。

「水飴を安く譲ってもらえることになったんです。最近評判のみつ飴を真似れば繁盛すると思ったんでさ。すいやせん」

どうやら悪い男ではないようだ。

「浅草でも評判なのね。それなら浅草にもみつ飴のお店はあるのかしら」

「それが全然ないんですよ。今ある店にしても俺の売ってるやつと大差ないものばかりで。きちんとした商品になっているのは、江戸中探しても日本橋の狐堂って店だけじゃないですかね」

「他は偽物なの？」

「そう言っていいと思います」

飴を扱っていると言っても千差万別、まともにみつ飴を作れる店はないらしい。

「甚六さんはいろんなお店を見て回ったのね」

「商売ですからね。大体は見ましたよ。きちんと菓子を扱っている店は手を出していないです。むしろ元々潰れかけていた店がやっているように見えますね」

潰れそうだからよくない商品だと思っても手を出すのだろう。

「すごく参考になったわ。ありがとう」

沙耶は話を終えると、甚六にあらためて言った。

「ひと塗りしていただけないかしら」

甚六の店を離れてすぐに音吉が笑い出した。

「それにしても酷い代物だね」

甚六の塗ったのは水飴を水で溶いただけの代物で、偽物としかいいようがない。塗って十も数えるともうとれてしまうものだった。

「本当に狐堂さん以外はこんなものなのかしら」

だとしたらみつ飴の評判は落ちる。しかしそれは、相対的に狐堂への信頼を押し上げるのではないか。

飴泥棒が出てもし他の飴屋がみつ飴をやめてしまうなら、一番得するのは狐堂ということになる。それか狐堂と手を組みたい桔梗屋だろう。

二軒とも、泥棒などやりそうにないが。

考えすぎだろうか。

「これはなんともいえないねえ」

音吉が困ったような顔をした。

「まったくです」

沙耶も大きく頷いた。

本所にある「茜屋《あかねや》」という飴屋の前である。

「四軒回ったけどまともなのは狐堂だけだね」

「本当ですね。どうしたことでしょう」

実際に飴屋を回ってみると、まともなのは狐堂だけで、あとはみつ飴と名前が似ているだけの質の悪いものであった。

「値段だけは安いけどね。どこも狐堂の半分もしない。でも質は一割以下だ」

音吉がぼやいた。

「たしかに。狐堂以外は回る意味はなさそうですね」

「時間の無駄だね。沙耶と全部回ろうと思ったけど想像以上に悪いね。どうしよう」

言ってから音吉はあらためて沙耶を見る。

「二人で江戸を回るのは楽しいんだけどねえ」

音吉が残念そうに言う。沙耶ももちろんそうなのだが、ゆったり回るほどの時間はない。

「川開きのときにでも一緒に屋形船に乗りましょう」

沙耶が言うと、音吉の目が輝いた。

「いいね。約束だよ」

「ええ」

返事をしながら沙耶は考える。狐堂以外の飴屋はやはり相手にならない気がする。一時的に儲かったとしてもやがては狐堂に集約されていくような気がした。

「じゃあ、あたしは座敷の準備をするから」

音吉は満足したのか帰っていった。

どうにも狐堂が気になる。

沙耶はとにもかくにも寄ってみることにした。

通油町の店に着く。手代は沙耶を見るとすぐに奥に通してくれた。主人の清兵衛が出てくる。

「どうかなさいましたか?」

「少しお伺いしたいことがあるのです」

「何でしょう」

「この店の飴以外は随分と質が悪いというのは本当ですか？」

沙耶の問いかけに清兵衛は頷いた。

「その通りでございます」

それからはっとしたような顔をする。

「わたしがいやがらせで金を盗んだとお考えですか？」

表情を見ると、意外そうな顔ではない。そのように疑われるのもわからないではない、という感じである。

「疑っているわけではないですが。そう思われても仕方がない、ということですね」

「おっしゃる通りです。否定するのは簡単ですが、やっていない証拠を出すことはできませんからね」

たしかにそうだ。やった証拠は残る。しかしやっていない証拠は残しようがない。

疑う側の気持ち一つである。

「誰かに金を握らせて盗めといえばできることですし」

清兵衛が言う。

その通りだ。ただ、もし本当に犯人であるなら、沙耶を人形にすることを歓迎したりはしないだろう。

「そうですね。わたしも狐堂さんはやっていないと思います。それとは別に、この盗みでお店が得をしたことはありますか」

「もちろんあります。飴屋なんて小さいですからね。紅を使うみつ飴を作れなくて、もとの飴屋に戻ったところがあります。その分うちが売れていますよ」

「でも品質は狐堂さんが一番なのだから、いずれはそうなったのではないですか？」

「いずれは。ですがしばらく後ですよ。商品は、噂が出回っている間は噂を蒔《ま》く力の強い店が勝つものです」

狐堂は少し眉を寄せていた。どうやら質が悪くても売れている店があるようだ。

「ところで桔梗屋さんはご存じですか？」

「ええ。一緒に仕事をしようと言われています」

清兵衛の表情が明るくなった。

「桔梗屋さんはすごい人です」

感心したように息をつく。

「こちらが考えつかないことを言う」

「どんなことですか？」

「狙い目にするお客さんの年齢です」

「でもあれは高いし、ある程度年齢のいった客が対象ではないんですか？」

「それが十歳だっていうんですよ」

それは小さい、と一瞬思ったが、なるほどと思いなおす。牡丹の店の客も下は十歳ほどである。女子が着飾りたいと思うのはそのくらいからだろう。

本物の紅には早いけれど、似たようなものをつけたい。狙いとしてとても理に適《かな》っていると思う。

「値段の問題はどうするのですか？」

「差額を桔梗屋さんが出してくれるそうです。そのかわりつけた子供たちに桔梗屋の紅がいかにすばらしいのか言ってもらってくれ、と」

清兵衛は懐から袋を取り出した。

「それと子供にこれを渡してくれと」

手に取ると匂い袋だった。通常は花の香りだが、これは白粉《おしろい》の香りがする。口紅のような飴に白粉の匂い袋。子供にはたしかに魅力的だ。そして子供が桔梗屋と言っていれば親も興味を持つだろう。

よく考えたものだ、と沙耶は思った。

これだけ考えて商売をしているのだし、桔梗屋が盗みを働くようにも思えない。するとやはり旅人かなにかなのだろうか。

狐堂への疑いを解いて家に戻る。

今日はなにを作ろうか。と思っていると、月也が帰ってきた。いつもよりも少し早い。

「今日はまだ食事の準備をしていないです」

言うと、月也は気にするな、という表情になった。

「箱寿司をいただいたから食べよう」

「どちらの方に？」

「伊藤様だ」

どうやら伊藤が差し入れてくれたらしい。

受け取って中を開ける。鯖《さば》の寿司と海老《えび》の寿司が入っていた。海老の寿司には卵のおぼろが敷いてある。

「すごい。美味しそうですね」

「うむ。しっかり食べてくれということだ」

月也が頷く。

しっかりとはどういうことだろう。沙耶は少し考えた。伊藤はもう犯人の目星をつけているのだろうか。

もしそうなら月也の出番はない。この寿司は単なる激励なのかもしれない。

箱寿司というのは酢飯を箱に敷き詰めて、その上にネタを載せたものである。客に出す時は一個ずつ渡せるように切って出す。かなり大ぶりで、大人の男でも一口では食べきれない大きさだ。

だから沙耶などは箱寿司は家の中で食べるしかない。

火鉢の脇に月也と座ると、まず火鉢の火をおこし、ちろりに酒を注いで火鉢の灰に入れる。

そうしてから台所に行って寿司を切り分けた。

箱寿司は一個ずつ切ってはあるが、沙耶には少し大きいからだ。ついでに大根を少しおろす。

席に戻ると、月也が待ちかねたような顔をしていた。

一番人気があるのは海老の寿司である。卵のおぼろを少し甘く味つけしたものを敷いて、その上に海老が置いてある。

海老のぷりぷりとした触感と、卵の甘みがあわさって美味しい。

そして鯖である。鯖は海老と違って思いっきり塩を効かせて〆《しめ》てある。塩辛いと思うくらいの加減だ。しかし酢飯とあわさるとこれがちょうどいい。寿司からはかすかに杉の香りがした。

寿司と一緒に大根おろしを食べる。

こうすると大根のぴりりとした味わいが加わって寿司がより美味しく感じられる。

月也に酒をつぐ。

この時期の熱燗はご馳走というしかない。冷えた体が温まっていく。

「伊藤様はなにかおっしゃっていましたか?」

「うむ。犯人をな。見つけたいが捕まえるなとおっしゃっている」

月也が腕を組んだ。

「捕まえたくない理由があるのですね」

「調書を残したくないそうだ」

調書を残せば目付や老中が見る。そこがいやなのだろう。幕閣の人間は安い菓子が好きではない。

自分たちの贈答用の菓子以外はなくなってしまえばいいと思っている人もいる。

だから庶民の楽しみに水を差すような事件は起こってほしくないのだろう。金額的にもたいしたことではないし。

むしろ捕まえずに改心させろということだ。

普通の同心に話すとどうあっても事件にする。手柄が欲しいからだ。わざわざ事件を揉み消すような同心は月也くらいしかいない。

それに事件解決のために岡っ引きを使うと噂になってしまう。沙耶が隠密だと噂されるのとはわけが違う。

月也が「なにもしていない」という形をとるためのねぎらいの寿司なのかもしれない。

「ところで一石橋で半纏を見かけたが、沙耶は桔梗屋というのを知っているか?」

月也から名前が出てどきりとする。

「ええ。紅の店ですね」

「あそこはすごいな」

月也が笑顔になる。

「迷子に無料で飴を配っていたがな、全員にらしいぞ。しかも長いこと続けているようだ。あれはなかなかできるものではない」

「そうですね」

「ああいう店の紅を使うのがいいのではないか」

月也が真面目な表情を見せた。

「今日は桔梗屋の紅でしたよ」

沙耶は言いながら、桔梗屋のやり方は間違っていないのか、と思う。

こうやって店の名前を浸透させていくというわけだ。

「ああいう店に流行ってほしいな。なんでもいろいろなところに金を渡しているそうじゃないか」

「いろいろ？」

「配る飴も日替わりで、売り上げの少ない店から仕入れているらしいぞ」

その言葉に沙耶は少し引っかかった。

いくら飴屋について調べたとはいえ、紅を扱っている桔梗屋が個々の店の売り上げまで摑んでいるというのは少し不自然な気がする。

どうやって苦しい飴屋を知ったのだろう。桔梗屋は、直接盗んでないにしてもなにかに関わっている気がした。

「明日桔梗屋に行ってみませんか？　月也さんも、久々に紅を引くのも悪くないですよ」

そういうと、月也の顔が赤くなった。以前に芳町《よしちょう》で紅を引いたときのことを思い出したらしい。

「紅はいい。沙耶だけでな」

「はい」

思わずくすりと笑う。

やはり月也といるのが一番落ち着く。

「なにがおかしい？」

「月也さんといるのが一番いいです」

「俺も沙耶といるのが一番だ」

それから月也はあらたまったように言った。

「伊藤様だと落ち着かない」

「そこは比べるところなんですか」

そういえば月也は奉行所の中ではどんな立ち位置なのだろう。月也は同僚の話をまったくしない。

奉行所には忘年会もあるから、顔見知りがいないとは思えないのだが。

「月也さんの同僚の方とは会わないのですか？」

沙耶に聞かれて、月也は一瞬黙った。いやな感じがあるわけではない。どう答えたものかという表情である。

「そうだな。正直、俺は与力も同心も好きではない」

月也は真面目な口調で言った。

「同心の俺が言うのもなんだが、みんな事件を解決しようとしすぎる」

「同心だからみなさんそうですよね」

答えながら、月也の言いたいことはなんとなくわかる。

月也は「幸せになりたい」のだろう。みんなが幸せになるなら事件も解決する。しかしみんなが不幸になるなら解決などどうでもいいのだ。

伊藤もそれがわかっているから、月也に凶悪な押し込みなどの事件は回さないのではないか。今回のように「解決したくない事件」を回すというわけだ。

ずっとうだつの上がらない同心だし、月也がどの事件を解決したのかも大っぴらにできないことが多いのだろう。

同心も与力も手柄主義なのは昔からだ。

昔も気にしなかった月也だが、今はもっと気にしていない。そのうえ町の人にも応援されているのだから、おおらかになっているに違いない。

「まあ、俺のことが気に入らない奴もいるがな」

月也が苦笑した。

「なぜですか？」

「伊藤様に呼ばれるからだ」

ああ、と沙耶は納得した。

奉行所の序列は厳しい。与力ならともかく、同心が内与力の伊藤と直接話すことなどそうそうはない。

たいていは与力に報告して、与力から伊藤に報告がいく。

ろくに事件を解決していないのに、伊藤と直接話す月也がいやなのだろう。

「月也さんは気に病んだりしますか？」

「まさか」

月也は大きく口を開けて笑った。

「俺には沙耶がいるからな」

「そこは関係ないと思いますよ」

「そんなわけで俺は一生うだつが上がらない。すまない」

月也が頭を下げる。

「わたしは、出世するから月也さんが好きなわけじゃないです。そもそも同心は出世しないじゃないですか」

「まったくだ」

同心はずっと同心だから出世はない。ただ、手柄を立てると付け届けの量が変わるし、奉行所での扱いがよくなるのだ。

しかし月也には関係ないだろう。

「ぼんくら」として貧乏していたころも今も、月也は変わらない。

「少し、昔がなつかしくもあります」

「どこがだ？」

「月也さんの帰りを待って内職をしていたころです」

わずか数年前のことだが、遠い昔のように感じられる。

「楽しかったか？」

「つらかったですよ」

しかし、つらい思い出も幸せの中にいると、いつの間にか大切な思い出に変わってしまう。不思議なものである。

もしかしたら桔梗屋にはなにか不幸があって、それが不幸のまま解消できていないのかもしれない。盗みを働いているとしたらそれが原因なのではないか。

「明日二人で桔梗屋に行ってみましょう」

沙耶が言うと、月也も大きく頷いた。

「そうしよう」

そうして。

沙耶は急いで眠る準備をしたのだった。


翌日。

桔梗屋の前には行列ができていた。

「さすが人気だな」

月也が感心したように言う。

「一昨日より混んでます」

沙耶は店の前を眺める。

客は親子連れが多い。

というよりも親子連れればかりである。

「前と並んでいるお客さんが全然違っています」

沙耶が言う。

十歳くらいの娘を連れた客がほとんどである。

店に入ると、紅を求める客でごった返していた。

壁や柱には「薄紅」と書いた紙が貼ってある。

薄紅色のことではないだろう。何か特別に紅を薄く塗るやり方を考えたに違いなかった。

見てみると値段が八文である。ひと塗り八文なら安くもないが高くもない。ぎりぎり娘に塗ってやってもいい、という値段だった。

よく見ると、墨が置いてある。先日牡丹に塗ったのとは違う墨だ。

「沙耶様のお連れ様で試させていただいたのが具合がよかったので、使うことにしました」

いつの間にか主人が隣にやってきてささやいた。

「これはご主人か。一石橋の配慮は見事だな」

月也が声をかける。

「これは紅藤様。ありがとうございます」

桔梗屋は嬉しそうに言う。

「先日わたしの連れで試したのとは違う墨ですか？」

「少し違います。あのときのほうが上等の墨ですね。しかし今日使っている墨は色を選べるのです」

「色ですか？」

「はい。今度のは油をかためて作った墨でして。胡麻《ごま》油、椿《つばき》油、菜種《なたね》油を使っています。胡麻油なら赤。椿油なら紫。菜種油なら茶色と、自分の気持ちに合わせた墨を塗っていただいて、その上から薄く紅。さらにその上からみつ飴を塗れば終わりです。昨日の夜狐堂さんが訪ねてきましてね。二人で相談したのです。うちの店で狐堂さんのみつ飴を仕入れることにしたんですよ」

「すごいですね。でもこれだと他の飴屋は商売あがったりですね」

「質の悪いものを売っているのなら、仕方ないです」

桔梗屋の顔が一瞬ゆがむ。

それから無難な笑顔になった。

「みなさんがいいものを売ってくださるといいんですけどね」

「そんなことができるといいですね」

「できますとも」

桔梗屋が真面目な顔をする。

「どうやってですか?」

「みつ飴を扱っている飴屋はいま十一軒。一軒は狐堂さんです。他の十軒が授業料を払ってくれればいいんですよ」

きっぱりと言う。

たしかにその通りだが、それは紅屋が一種の組合を飴屋に作るということだ。こちらの方が泥棒などより問題な気がする。

「でも、そう簡単に言うことを聞いてくれるものですか?」

「最近泥棒に入られて苦しいようなので。わたしのほうでお金を用立てているんですよ」

笑顔で言った。

「それは感心だな」

月也が大きく頷く。

いや、と沙耶は思う。

これは怪しい。しかし桔梗屋から毒々しい気配は出ていない。悪いことをしているという様子はどこにもなかった。

沙耶が思うに、もし桔梗屋が泥棒だとしても、自分の中では正義をおこなっている感覚なのだろう。質の悪い飴を商うほうが悪いのだ。

だとすると、まだ泥棒されていない飴屋に必ず現れるだろう。

悪をおこなう人間にはためらいはあっても、正義をおこなう人間にはそれはない。正義という病はなかなかに厄介なのではないかと思う。

江戸の犯罪者の中にも「いい奴」は多いのだ。

「ところで今度は別の紅を試してください。もちろん薄紅ではなく本物です」

桔梗屋が沙耶のために新しい紅を用意してくれる。

「いかほどだ」

月也が少し気にしたように言った。

「お題は結構。沙耶様に宣伝していただけるだけでうちは大助かりですよ」

桔梗屋は親しげに笑ったが、沙耶にはもうまっすぐは受け取れなかった。もし桔梗屋が犯人でないのなら、あとでなにかお返しをしようと思う。

それから五日が経った。

その間沙耶と月也はのんびり飴屋を回っていた。

わかったのは、たしかに狐堂以外はまともな飴を商っていないということだ。色付き水飴のような感じで、いいものではない。

店の側もそれはわかっていて、それでもやめられない事情があった。とにかく菓子は儲からないのである。

繁盛しているように見えても十日も時化《しけ》ると潰れてしまう。だから流行があるのなら無理にでも乗るしかない。

「菓子は大変だな」

月也が溜息をついた。

「そうですね。だからこそ盗みは許せません」

沙耶と月也が目をつけたのは、本所《ほんじょ》にある「あめや」という店であった。その名の通りさまざまな飴を売っていて、中にみつ飴もあるという案配《あんばい》だ。

「入るか」

月也に言われて、沙耶は少し考えた。店に入ってしまえば桔梗屋には当然気付かれる。といってこの格好で店の前をうろつくのもよくないだろう。

なにか目立たない格好になるか、見つからない場所にいるほうがいい。

「あ。長屋」

沙耶は言った。

ここは本所だ。以前の事件でかかわりのあった長屋の子供たちに見張ってもらうことにしよう。

「ああ、あの」

月也も納得する。

そして子供たちに、身なりのいい客が来たら教えてもらうことにした。

「すいません。お世話になります」

沙耶が頭を下げる。

「全然気にしなくていいですよ。捕り物ですよね？」

長屋で子供たちの世話をしているとよは、興味津々という感じである。

「そんなようなものです。捕まえたりはしないですが」

沙耶は微妙にお茶を濁すと、長屋でとよと世間話をすることにした。

夕方近くなって、子供たちが戻ってくる。

「なんだかお金持ちそうな人が来た」

言われてすぐに長屋を出る。

店に行くと、桔梗屋が出てくるところであった。いつもとは違う雰囲気の着物だが、間違いない。

「こんにちは」

沙耶が声をかけると、桔梗屋はぎょっとした様子だった。

「番屋がいいですか？　蕎麦屋でもいいですよ」

沙耶が言うと、桔梗屋はあきらめたような顔をした。

「お手数をおかけします」

桔梗屋は頭を下げた。

「蕎麦屋でいいでしょうか？」

番屋に入るのを見られたくないのだろう。

表通りの蕎麦屋に入るのも目立ってしまうので、裏通りの店に入った。桔梗屋はなにも隠すことはなさそうに見えた。

「たしかに盗みを働いたのは自分です」

「おぬしほどの金持ちがなぜだ」

月也が言う。

「商売上の理由もありますが、感謝をされたかったのですよ。金に困った飴屋からね」

「しかし感謝など日頃からされているだろう」

「月也様。感謝にも質があるのです。わたしは親に褒められずに育ったので、なんというか、ある種の感謝に飢《う》えているのです。もちろん子供たちの面倒を見たりもしてはいるのですが」

桔梗屋は言葉を切った。

「感謝というのは癖になるもので、感謝されたいがために困らせてしまったのです」

「それは困った性癖だな」

たしかに感謝のために困らせるというのは駄目だ。

「どうしたら直るのですか？」

「わかりません。もしかしたらもっと善行を積めばいいのかもしれません」

桔梗屋が溜息をつく。

「それだ」

月也が言った。

「それ、とは？」

「もっと善行を積むといい。今回は泣いた奴はいないわけだからな。きっとみんなわかってくれる」

「いいえ、旦那。さすがにそれは無理ではないでしょうか」

桔梗屋があわてたように言った。

「罪は罪です。善行で消えるものではないでしょう」

そう言って頭を下げる。

「とにかく奉行所に談判してみるゆえ、店に戻って普通に過ごすがいい」

月也の言葉に、桔梗屋は信じられないという顔をした。

「本当によろしいのですか？」

「逃げるようなこともしないだろう？」

それから月也は自信満々に口にした。

「お前はきっといい奴だ」

そして。

飴泥棒の一件は「解決」したのであった。


「おもてをあげよ」

筒井が厳粛な声を出した。

筒井の部屋である。伊藤が脇にいた。月也はかなり緊張しながら顔をあげた。だが二人とも月也を安心させるような表情であった。

「なんでございましょうか」

月也が言うと、伊藤があきれたような声を出した。

「桔梗屋の一件に決まっているだろう」

「そうでしたね」

月也は間の抜けた声を出す。声の間抜けさが自分でわかる。

「どうなるのでしょうか」

とても気になる。桔梗屋は多少の盗みはしたが、まとめて見れば飴屋を助けたことになるし、そのうえ子供の面倒も見ていた。

悪ひとつに対して善行を十も積んだようなものだ。

しかし月也が言えることではない。祈るしかできない。

「うむ。桔梗屋はな」

筒井がおごそかに言った。

「いい奴だ」

そう言って笑ってから真面目な顔に戻る。

「公儀というものはな、悪い種があったらなにもかも焼き尽くしたいのだ。犯罪者の更生などと口では言っても、全部殺してしまいたがる」

そして筒井は深い溜息をついた。

「しかしな、桔梗屋のような人物は生かしておいたほうがいいのだ。むやみに殺してはいかん」

伊藤も大きく頷いた。

「ということで今回は我々もぼんくらになることにした」

「では桔梗屋は」

「おとがめなしだ。というよりも事件は起きていない」

筒井がにやりとする。

「起こっていない事件を裁くことはできぬよ。ただし」

筒井は言葉を切った。

「みつ飴は駄目だ。風紀を乱すからな。狐堂には残念だが飴の名前を変えよと命じた」

「あれはご老中たちは嫌いですか」

「嫌いだな」

筒井が頷く。

そうはいってもそれでおとがめなしなら、よしとしよう。

「なにも起こってないから手柄もないぞ」

筒井に言われて、月也があらためて頭を下げる。

「なにも起こらないのが一番でございます」

「そうか、ならばよい。これは手間賃だ。鰻でも食べるがよい」

そういって伊藤が一分銀をわたしてきた。沙耶と二人で鰻を食べて酒を飲んでも充分余る金額である。ありがたくおしいただくと懐にしまった。

部屋から下がると、月也は心から嬉しくなった。桔梗屋はこれからも人のために働くだろう。結果として誰も不幸にならなかったといえる。

まずは桔梗屋に挨拶に行き、それから沙耶と鰻を食べに行こうと心に決めた。


そして。


桔梗屋は沙耶と月也に深々と頭を下げた。

「このたびはまことにありがとうございました」

そして自分の首に右手を当てる。

「ここが飛ぶかと思いました」

「うむ。しかし今度やったらおしまいだからな。気をつけるように」

「はい。肝に銘じます」

桔梗屋の店の奥の部屋である。このたびのことを踏まえて、なにかあったら奉行所に協力することと引き換えに免罪となったのだ。

「なにかあったらいつでもうちをお使いください。お役目のことはもちろん、お着替えや風呂なども」

同心はとかく着替えをしたいものだ。しかし挟み箱は大きいとはいえ日常の着替えを入れる余裕はない。まして挟み箱を軽くしようと心がけている月也のことだ、桔梗屋に着替えをおいておけるのはありがたかった。

そして沙耶からすると、入浴できるのも大きかった。銭湯に行けばいいのだが、月也に合わせるとどうしても一緒に入ることになる。

同心は銭湯が開く前の時間に女湯に入るのがならわしだからだ。そこは少し困っていたのだが、桔梗屋の風呂なら安心して使うことができる。

これでお務めもやりやすくなるというものだ。

「甘えてもかまいませんか」

沙耶が言うと、桔梗屋は嬉しそうな様子を見せた。

「いくらでもどうぞ。一家で首を吊《つ》らねばならぬところを助けていただいたのですから」

店主が盗みを働いたとなると、ただではすまない。それが有名な店であるならなおさらである。まさに九死に一生を得た思いがしたのだろう。

「これをどうぞ」

桔梗屋が沙耶に紅を差し出してきた。

「いくらでもお使いください」

「こんなにたくさんいただけないですよ」

思わず断る。どこまでいっても沙耶は裕福な気持ちにはなれない。紅だって緑っぽくなるまでつけるのはもったいなくて無理だ。

「ひとついただけば充分です。薄紅色が一番ですよ」

そう言って紅の入った容器をひとつもらった。

「欲のないことです」

桔梗屋が溜息をついた。

「欲のある同心にからみつかれては、たまったものではないでしょう」

沙耶の言葉に桔梗屋が苦笑した。

「たしかにその通りですね」

「いずれにしても今後ともよろしく頼む」

月也が頭を下げた。

「頭を下げるのはこちらです」

桔梗屋があわてる。

「お武家様に頭を下げられるわけにはいきません」

二人のやりとりを見て、沙耶はつい笑ってしまった。

いずれにしても不幸になる人がいなくてよかった。

「ではよろしくお願いします」

沙耶は声をかけると、月也を連れて店から出た。

「やれやれ。あんなに頭を下げることはないのだ」

月也がぼやく。

「相手からすれば感謝しても足りないくらいでしょう」

沙耶が言うと、月也は首を横に振った。

「それは違うぞ、沙耶。相手が頭を下げるのは相手の考えがあるから仕方がない。しかし、自分が頭を下げられるべき人間だと思うのはおかしい」

それから沙耶を真っすぐに見る。

「俺はどこまでいってもぼんくらでいたいのだ。駄目か」

「もちろんかまいませんよ」

それから沙耶は月也の腕をとった。

「うちはいつまでもぼんくら夫婦でいいではないですか」

「沙耶はぼんくらではないぞ。俺を支えてくれるいい女房だ」

「わたしはおいてけぼりですか」

「そうではないが」

月也は困った顔をした。

「うちは『お似合い』っていうんだと思います」

沙耶が言うと、月也は安心したように頷いた。

「そうだな。それがいい」

月也とお似合いでいられるのは沙耶も嬉しい。このまま二人で長くいられる以上のことはないように思われた。

「では鰻を食いに行くか」

「はい」

沙耶は答えると歩みを山口庄次郎に向ける。
江戸はまだ寒いが、月也の隣は暖かい気がする。
明日からはまたぼんくら夫婦として二人で江戸の町を歩こう。
そう思いながら沙耶は体の重さを少しだけ月也に預けたのだった。

椋鳥と盗賊屋

鶯がいい声を響かせた。

空気が暖かくなったしるしなのもあって、沙耶は鶯の声が好きである。

沙耶の家の庭にある梅の木も花が満開である。

いよいよ春本番を迎えると実感できる。そして雛市《ひないち》も佳境を迎える。

二月の末頃から三月の二日まで、日本橋は雛市に入る。普段は別のものを商っている店も雛人形を売るために店の装いを替えるのだ。

日本橋の本石町十軒店《ほんごくちょうじっけんだな》を中心に両側がずらりと雛市になるのは壮観で、眺めるだけで楽しくなってしまう。

ただし、同心にとってはまったく違うものである。

雛市は掏摸にとっては極楽《ごくらく》のようなものだ。金を懐に入れた獲物がそこら中を歩いているのである。

掏摸は人の生活を脅かすような金を盗むのは良しとしない。しかし雛人形を買うための金であるなら、がっかりはしても生活が苦しくはならない。

だから普段は日本橋を縄張りにしていない掏摸も、元締めに許可を取って特別にやってくるのである。

それを迎え撃つために岡っ引きと同心は目を光らせる。

奉行所にとっては浮かれることのできない時期であった。

しかし風烈廻りには関係がないので、沙耶と月也はのんびりしたものである。火事が出ると困るので見廻りはするが、捕り物には縁がない。

いい頃合いを見計らって見物に行こう、と沙耶は楽しみにしていた。

三月三日の桃の節句が近づくと、市はいよいよ盛り上がる。節句自体は子供のためだが、市は大人のものなので楽しみやすい。

もっとも休みというわけではないから、まず奉行所に行って、見廻りという形にしてから日本橋を歩こうと思っていた。

今は怪しい事件も何もなく平和そのものである。こういう日が続けば何よりと言えた。

冬から春にかけて一番の楽しみはつくしとイタドリである。庭のあちこちに芽を出してくる。

これをどっさりと取って茹でると、それだけでいいおかずになる。だから朝起きて最初にするのはまず摘み草である。

「おはようございます」

沙耶がつくしを摘んでいると、大工の留吉《とめきち》の女房、きぬがやってきた。きぬは沙耶の井戸端《いどばた》仲間である。この季節は庭のつくしのお相伴《しょうばん》にあずかるためにやってくるのだ。

「少しいただきますね」

「たくさんどうぞ」

沙耶は笑顔で答える。

しばらくすると、角寿司の喜久と夜鷹《よたか》蕎麦の清《きよ》もやってきた。みな、つくしとイタドリが目当てである。筍にあたればなおいい。

みんなでつくしを集める。

なごやかでいいな、と沙耶は嬉しくなった。盗賊だなんだと殺伐としたことはないに越したことはないのだ。

「ところで沙耶さん」

清が不意に言った。

「なんでしょう」

「うちの屋台にさ、夜遅くになると盗賊が食べに来るんだけどどうしよう」

「はい？」

沙耶は思わず訊き返した。

「盗賊ですか？」

「そうなんです」

どうしたものか、という表情で清は言う。

「それは同心か岡っ引きに言うしかないですね」

「だから沙耶さんに言ってるんじゃない」

たしかに身近な同心といえば月也のことだ。清からすれば沙耶に言うのが一番早いだろう。

「なぜ盗賊だと思ったの？」

「なんだか盗みの相談をしているみたいなんです」

「屋台の蕎麦屋で？」

「そう」

そんなことがあるのだろうか。沙耶はさすがに不思議に思う。屋台で盗みの相談はやりすぎだろう。

「人前でそんなことをするものかしら」

「でしょう。わたしも不思議なんです」

清が言う。

「一度蕎麦を食べに来ていただけませんか」

「そうね」

どんな様子で盗みの相談をするのだろうか。それは知りたい。

「毎日来るの？」

「二日に一度です。一昨日《おととい》来たから、今夜も来るでしょう」

「それは律儀ねえ」

いったいどんな盗賊なのだろう。

「何人で来るの？」

「三、四人です」

「わかった。行くわ」

沙耶が約束すると、清は安心したように戻っていった。

「なんでしょうね。でも盗賊相手に平気ですか？　月也さんも一緒？」

「月也さんとだと警戒されるでしょう。一人で行ってみます」

「わたしが行きましょうか？」

きぬに言われて、それがいいかもしれないと思う。

「でも、夜中に女二人で蕎麦を食べに行くのはおかしいわ」

夜に女二人で出歩くというのはどうあってもカタギではない。

「では二人で夜鷹としゃれ込むのはどうですか」

きぬに言われて、どうしようかと思う。

夜鷹は安い遊女である。体を売る仕事の中でも一番安い。そのような格好をしていたらかえって危ないのではないかと思う。

沙耶が困っていると、きぬが笑い出した。

「冗談ですよ。いくらなんでも夜鷹はないです」

「そうですよね」

思わずほっとする。沙耶としても夜鷹に扮《ふん》するのには抵抗があった。

「女中の格好でいいでしょう」

「女中が夜中に蕎麦を食べたりするかしら」

「普段は来ないでしょうが、今は雛市ですから」

たしかにそうだ。この時期なら女中も夜中まで働いている。もし訊かれたら、桔梗《ききょう》屋《や》の女中とでも言っておけばいいだろう。

「そうね。そうしましょう」

「だったら、昼のうちに雛市に行かれたほうがいいですよ。捕り物ということになったら楽しめないでしょう」

まったくだ、と思う。

沙耶は家に戻ると手早く朝食の用意をした。

つくしを炊き込んだ「つくし飯」を作ることにする。酒と醬油で味を調えてつくしを入れ、ご飯を炊くだけである。

イタドリはひと塩してそのまま食べる。

そして納豆と味噌汁である。つくしは朝食べると体の中が綺麗になったような気がする。すべて揃えて月也のもとに運ぶ。

「お。もうつくしか」

月也が嬉しそうに言った。

「でもまだ筍も出てくるよな」

「はい。今度雨でも降ったら筍づくしです」

「楽しみだ」

掘りたての筍は美味しい。月也も沙耶も大好物である。

「いよいよ桃の節句だな」

「はい。奉行所の人は大変でしょうね」

「俺たちはゆっくり見てまわろうな」

月也が緊張感なく言った。今日のところは他の同心に任せてしまってもいいだろうという気持ちのようだ。

「はい」

「では食べたら奉行所に行こう」

月也はそういうと箸を手に持った。

つくし飯は苦い。ほろ苦いのではなくてはっきりと苦い。茎《くき》の部分はそうでもないが穂先が苦いのである。

しかしその苦さが美味しい。

イタドリは塩を強くしてあるから苦みともよく合った。

月也も気に入ったらしい。おひつの飯を全部たいらげてしまう。

「旨かった」

満足そうにお茶を飲む。

今日はひさびさに沙耶も奉行所の前まで行くことにした。

「では行ってくる」

月也が奉行所の中に入っていく。沙耶は門の前で待つことにする。

普段なら門の前には岡っ引きが何人か待機しているのだが、今日は一人もいない。

全員が雛市に行っているに違いなかった。

小者は何人も待っている。もはやなじんだ顔ではあるが、沙耶に話しかけてくる人は誰もいない。同僚と月也の関係が影響しているようだ。

なんだか遠巻きにされているみたいで気分は良くない。といっても遠巻きにしている彼方《あちら》の方がもっと気分が悪いのだろう。

しばらくして月也が出てきた。

「では行こうか」

二人並んで日本橋に向かう。

春らしく、あちこちの生垣《いけがき》で草花が芽を出している。

空気も暖かくて、鼻の奥につんとくる寒さはもうない。そのせいか人々の歩みもなんとなく活気付いていた。

歩きながら、朝聞いた話を月也にする。

「盗賊が屋台で相談というのはなんだかおかしいな」

月也も不思議に思ったらしい。

「売れない役者が芝居の練習でもしているのではないか」

「盗みの相談をする芝居などないでしょう」

「それもそうか」

一体どういうことなのか見当もつかない。

やはり行ってみるしかないだろう。清が屋台を出しているのは最近は十軒店である。なんだかんだ雛市の関係者などが顔を出すので繁盛するらしい。

「夜になったら行ってみるか」

「月也さんが来たら盗賊が逃げてしまいますよ」

「沙耶だけが行くのか？」

「きぬさんと行きます」

だが、月也は不安そうだった。

「盗賊がすごく強かったらどうする」

「わたしは武家の女ですよ。そうそう負けたりはしません」

「しかし盗賊というのは刃物を持っているじゃないか」

「何度も捕り物をしているでしょう」

沙耶が言ったが月也は心配らしい。

「いきなり路上で人を襲うなんてないですよ」

「それはそうか」

「そもそも盗賊と決まったわけでもないですし」

そう言われて月也はやっと納得したようだった。

「危険だと思ったらすぐ逃げるのだぞ」

「わかりました」

話しているうちに雛市につく。普段はお茶や紅を売っている店が軒並み雛人形の店に変わっている。

日本橋は季節の行事ごとに店が変わることはある。といっても店の前に別の店が出ている形だから、もとの商いもできる。

もとの店にしても、人が集まればいい宣伝になるから歓迎というところだった。

「おや。あれは牡丹ではないか？」

月也の視線の先を見ると、牡丹が雛人形の格好をして座っている。まるで本当の人形のようで、見物客があとを絶たなかった。

「綺麗ってそれだけで得よね」

沙耶が息をつく。

「沙耶だって綺麗だ。牡丹とは年齢が違うだけだ」

月也が言う。沙耶は別に自分と比較したわけではないのだが、月也は気になったらしい。

「わかっていますよ」

そういうと沙耶は月也の腕をとった。

「誰と比べることもないでしょう。わたしはわたしだし、月也さんは月也さんです」

「そうだな」

腕を組んで道を歩くと、それはそれで見物人が出る。

もうすっかり夫婦で江戸に溶け込んだ風景になっているのだろう。なんとなくくすぐったいが、いいことなのだろうと思う。

牡丹のほうも沙耶に気が付いたようだ。大きく手を振ってきた。

「今日は雛人形です」

牡丹が楽しそうに目の前で回って見せた。

女雛の装いで髪型もおすべらかしである。珍しい格好なのが嬉しいらしい。

「じつは男雛の日もあるんですよ」

「男装もするの？」

「一応男ですし」

牡丹が笑う。たしかに本来なら男雛のほうが自然な姿だ。男の格好の牡丹をまるで見ないから、妹のように思えてしまう。

「では仕事中なので」

牡丹はさっと雛市のほうに戻った。

唇の紅が鮮やかなのを見ると、桔梗屋に雇われたのであろう。

「あれを見せられたら紅を買ってしまうわよね」

沙耶は思わず声に出した。

「沙耶も欲しいのか？」

月也が訊いてきた。

「紅ならたくさん持っていますよ。桔梗屋さんがくれますから」

沙耶は紅には不自由していない。罪に問われなかった桔梗屋が、沙耶がどれだけ遠慮してもたくさんくれるのである。

感謝されすぎてむしろ桔梗屋に近寄りがたいほどである。

「平和だな。日本橋は」

月也がしみじみと言う。

「そうですね」

「これがずっと続いてほしいものだ」

この広い江戸をわずかな人数で守れているのだから、江戸が平和なのはたしかだ。

それでも悪人がいなくなるわけではない。

この平穏が続いてくれるといいな、と沙耶も思う。

「少し飲むか」

月也が言った。

「お役目中にですか？」

「白酒ならいいだろう」

今の時期はなんといっても白酒だ。雛市の最中は甘酒と白酒の花が咲く。

甘酒と違って白酒は甘いが酔わないわけではない。いけないことのような気もするが、雛市の雰囲気の中ならいいのかもしれない。

「では少しだけですよ」

「うむ」

月也があたりを見回す。雛市に合わせて白酒を飲ませる店もあちらこちらに出ていた。台と樽さえあればすぐに店になる。

つまみは切った豆腐でもいいし、味噌でもあればすぐに商いになるのだ。

「あそこにしよう」

月也が指さした先には「桜味噌」とある。なんとなく縁起がいいような気がした。

店に行くと、角寿司の喜久が白酒を飲んでいる。

「あら。沙耶さん」

喜久は少し赤い顔をしていた。その隣に亭主の長五郎《ちょうごろう》もいる。そういえば沙耶は長五郎に会うのは久し振りだ。いつも影が少し薄いが穏やかな人で、喜久と二人でいるのを見ると安定感を覚える。

「今日はここで仕事してるんですよ」

喜久は嬉しそうに言う。

「そうなんですか？」

「雛市は寿司が売れるから」

なるほどと沙耶は思う。そこら中に店は出ているが簡単なつまみの店が多いから、寿司は人気なのだろう。

「どうぞ」

長五郎が席を空けてくれる。

座ると、目の前に皿に盛った鯖の寿司が出てくる。味噌が添えてあった。

「鯖の寿司を味噌と食べると美味しいんですよ」

喜久に薦《すす》められるままに寿司に味噌を載せる。

食べると思ったよりもずっと美味しい。鯖の旨みが味噌で大きく上がっている。香りも味噌が鯖を包んで良くなっている。

味噌には桜の花びらがふりかけてあった。この時期だと彼岸《ひがん》桜だろう。桜は一月の寒《かん》桜からはじまって三月の八重《やえ》桜までさまざまなものが咲く。

桃の節句を思えば、桜色も縁起としてはなかなかいいものだ。

「これは酒に合うな」

月也は寿司を食べながら白酒を飲んでいる。

「酔ってはいけませんよ」

言いつつ沙耶も白酒を飲んだ。

白酒のほのかな甘さが寿司によく合う。やはり昼からこんなことをしてはいけない、と一杯でやめることにした。

「雛市で繁盛してますか？」

喜久に尋ねると、大きく頷いた。

「人がいれば寿司は売れますから。懐にさえ気をつければ」

「掏摸がいるんですね」

「ええ。タチが悪いのがうようよしてますよ」

喜久が眉をひそめる。

「まあ、岡っ引きにはいい稼ぎ時でしょうけどね」

「そうですね」

掏摸は、初犯だと罪が軽くて、二回目から突然重くなる。なので一度捕まったときに足を洗うことも少なくはない。

だがもっといいのは、岡っ引きに賄賂《わいろ》を渡して見逃してもらうという手だ。有り金をはたいてでも、である。

岡っ引きのほうは、目をつけた掏摸から何度も金を巻き上げて儲けようとする。

掏摸が岡っ引きにたかられるのがいやになるまで続くというわけだ。

だから掏摸のほうはたかられはじめると場所を替える。そうやって掏摸を遠ざけるのが岡っ引き流だ。

全然犯人を捕まえないが、いなくはなる。ただしとられたお金は返ってこないから自分で用心するしかないのだ。

月也は同心なので掏摸からは安全である。もし同心から掏ったとわかると掏摸全体に災いが及ぶからだ。

「最近は財布に紐《ひも》をつけて手首に結ぶのが流行ってるんですよ」

喜久はそう言って手首を見せた。赤い紐が結んである。

「これならたしかに大丈夫ですね」

沙耶も納得する。掏摸は器用だが、紐がついていれば刃物を持っていない限りは大丈夫だ。

刃物を使う「巾着切《きんちゃく》り」は江戸の掏摸の間では禁止されている。まず平気だろう。

「掏摸以外に悪い人はいますか」

沙耶が言うと、喜久は少し考える。

「どうでしょう。盗賊なんかをのぞけば悪い人ってあまりいないですよね」

たしかにそうだ。新しい犯罪を発明でもしない限り、悪い人というのは決まった形でしかない。

盗賊にしても不思議と昔からの形を踏襲《とうしゅう》している。なんの関係もなかった連中が集まって起こす盗みでも、やることは一緒だ。

ふと、前に市谷《いちがや》の蕎麦屋で盗賊が相談していたことを思い出す。そう考えると盗賊は蕎麦屋で相談するものなのかもしれない。

だとしたらなおのこと蕎麦屋に行かないといけない。

「なにか思いついたのか？」

月也がふっと真面目な声を出した。どうやら沙耶の表情が変わっていたらしい。

「よく見てますね」

「沙耶のことはいつも目の端に入れてるぞ」

それから月也は少し声の調子を落とした。

「夫だからな」

照れたように言う。

「夫ですからね」

沙耶は思わず笑ってしまう。

「ではわたしも妻として月也さんの顔を見つめています」

「うむ」

後ろから不意に咳払《せきばら》いの音がした。はっとしてそちらを向くと、喜久がにやにやしながら見ている。

そこでここが往来だということに気がついた。通行人も含み笑いしながら沙耶と月也のほうを眺めている。

まるで見世物のようになってしまい、恥ずかしい。

「そろそろ行きましょう」

沙耶が月也に声をかけると、月也もうつむきつつ立ち上がった。

「ではまた今度」

喜久に声をかけると歩き出す。

夫婦ののろけを見られたみたいで赤くなってしまう。

二人は足を早めた。日本橋の喧噪を抜けて八丁堀に入ると不意に静かになる。

心がほっとして気持ちが軽くなる。

「家のほうに来てはお務めにならぬではないか」

月也が少しあわてたように言った。

たしかに家に帰ってきては務めにならない。それを忘れて八丁堀に戻ってくるあたり、月也も相当恥ずかしかったのだろう。沙耶も同じだからその気持ちはわかる。

「しかし日本橋に戻るのはいやだな」

「それなら深川に行きましょう」

沙耶が言う。音吉の顔でも見ればすっきりするだろう。

「そうだな」

月也も頷いて歩き出す。

永代橋を渡って深川に入る。いつもだとまずは参拝客が目につくのだが、今日に限っては雛人形を持っている人が多い。

「おかしいですね」

沙耶が首をかしげる。雛人形といえばまずは十軒店。それから人形町《にんぎょうちょう》通りのあたりだ。深川には目立った店はない。

しかしどう見ても近所に雛人形の店があるように思える。これは少し不自然だ。江戸っ子は有名な店の商品を買うことを好む。実物よりも評判ということだ。だから有名でもないのにぽんぽん売れるということはあまりない。何年かやって初めて客がついてくる。

沙耶が知らない人形店がいきなり売れだすというのは考えにくかった。月也も同じことを考えたらしい。

二人して人の流れをたどって歩いていく。

富岡八幡の境内《けいだい》の中に屋台を出して人形を商っている男女がいた。これは違反である。勝手に屋台を出していい場所ではない。

「どうしよう」

月也が困った表情になる。たしかに違反ではあるが、風烈廻りの月也が口を出すことではない。それに深川のあたりは北町奉行所の影響力が強いところだ。北の定廻りを差しおいて月也が取り締まるのは問題があった。

「岡っ引きはなにをしているんでしょう」

沙耶は不思議に思う。これは本来岡っ引きが取り締まることだ。ということはなにかの理由でお目こぼしがあるのかもしれない。

とりあえず買ってみようか、と思う。

屋台の前には行列が出来ていた。並んでいる客に声をかける。

「どうしてここの人形は人気があるんですか」

「それがさ。『久武《ひさたけ》』の職人さんが出してる店なんだってさ」

「なぜここに店を出しているのですか？」

「店の若旦那と喧嘩したんだってよ」

なるほどと納得した。職人と主人の喧嘩はよくあることだ。若旦那ということはなにか方針でぶつかったに違いない。

そしてここにいる客は職人のほうを選んだということだ。

「しかしそれではお互い困るだろう」

月也が眉をひそめた。

「そうですね。うまくまとまるといいのですけれど」

「よし。行こう」

月也は屋台のほうに向かう。

「どうするのですか？」

「仲裁だ」

そう言って迷いなく歩いていく。

相手の事情もわからずに仲裁というのはどうなのだろう、と沙耶は思う。案外犬も食わないような事情だったりしないだろうか。

月也は屋台に着いた。しかし二人は客の相手に忙しくて、声をかけるのはためらわれた。

「今日は邪魔そうだな」

「先にもとの店のほうから話を聞いたらどうですか？」

沙耶は言う。この状態だと言いたいことがあるのは職人のほうだろう。ということは若旦那から先に話を聞いたほうがむしろいい気がした。

若旦那の性格によってはうかつな仲裁はかえって逆効果になる。そう思いながら屋台のほうを見た。

男はいかにも職人という感じである。年齢は三十歳にも満たないようだった。

問題は女のほうである。まだ若い。二十歳ほどに見えた。客あしらいもぎこちない。これは、駆け落ちのようなことはありえるだろうか。

駆け落ちは重罪である。捕まったらただではすまない。だからこの二人は駆け落ちではなくて単なる反抗だろう。

ただ、女が若旦那の許嫁《いいなずけ》だったりしたら大変なことになる。

まずは若旦那に話を聞くべきだろうと思った。

深川から日本橋へと戻る。久武は十軒店にある名店だ。足を運ぶとこちらも行列が出来ていた。

「すいません」

店の中に入ると、手代がすぐにやってきた。

「これは紅藤様」

名乗ってもいないのに名前を呼んでくる。すっかり有名人という感じだ。

「少し聞きたいことがあるんだがいいか？」

月也が言う。

「もちろんです。奥にどうぞ」

「若旦那を呼んでほしいんだ」

「わかりました」

手代が沙耶たちを奥の部屋に通すと、すぐに出ていった。

若旦那らしい男がやってくる。

若旦那と言っても四十歳くらいだろうか。先代がまだ元気だから「若」旦那なのであって、そろそろ跡を継ぐころだろう。

「なんでございましょう」

「深川にここの職人さんが店を出してるようだが、なにかあったのかい」

月也が言う。

「これはこれはうちの娘がお恥ずかしい」

若旦那が困った顔をする。

「あ、申し訳ありません。わたし、久武肇《はじめ》と申します」

「紅藤月也だ」

「沙耶です」

「はい。お二方は有名ですからね、存じております」

若旦那はいかにも人のよさそうな感じである。娘、ということは、きっとあの職人といい仲になってしまったのだろう。

「まさか駆け落ちではないだろうな」

月也が念を押すように言う。

「滅相もないです」

若旦那があわてて右手を横に振った。

「もちろん賛成はしておりませんが」

そう言って困ったように笑う。

職人と娘の恋は難しい。店主としては店を任せる相手、たとえば番頭などと結婚してほしいと思うことが多い。

職人は大切だが、店の切り盛りをできる才覚はないことが多いのだ。店のことを思えば反対というのもわかる。

「反対したら飛び出してしまったのですね」

沙耶が言うと若旦那は小さく頷いた。

「それでどうするのですか？」

「どうしたらいいのでしょうね」

若旦那が溜息をつく。認めるから戻って来い、というのが早いのだろうが、それはそんなに簡単ではない。

ある程度の店の若旦那が、娘に頭を下げるのは容易なことではない。ましてや店の職人に頭を下げるなどは切腹するような覚悟がいるだろう。

つまり、娘側があらためて頭を下げるしかないのである。しかし屋台まで出しているのだから、娘の方も気は強いのだろう。

「初めてお会いしておいてこう言うのもなんですが、間に入っていただけないでしょうか」

若旦那が頭を下げる。

「もちろんだ」

月也が胸を張った。

しかし事態はもうこじれているのだろうし、なかなか大変に見える。

挨拶して店を出ると、月也はどうしたものかという顔をした。

「心づけなどいらぬのに」

若旦那は出るときにすっと五両を月也に握らせていた。断るのもよくないので受け取ったが、月也としては扱いに困るのだろう。

店の人間はすぐに三両、五両と出してくるが、沙耶たちにとっては大金だ。月也の一年の俸給が十両である。つまり今、半年分の給金を渡されたのと同じことになる。

同心の給金は安いので、心づけは生活に必要なものではある。しかし慣れてしまえば心づけを得ることが気持ちの主体になってしまいかねない。

月也は同心として、心づけに慣れるのに抵抗があるようだった。

「ところで今日は蕎麦に行くのであろう。少し寝ておくとよい」

月也に言われてはっとする。眠い目をこすりながらではたしかによくないだろう。

大人しく家に帰って少し眠ることにする。

昼に眠れるのか心配だったが、疲れていたのかすぐに眠れた。

目が覚めるともう夜の気配がしていた。空気がひんやりして、やや寒いという雰囲気である。

女の姿で夜外出などまずないから、少しうきうきする。

家を出ると、家の前にはもうきぬが待っていた。

「こんばんは」

きぬの声も嬉しそうだ。夜に女二人で歩くなんてそうはない。

外に出ると八丁堀はすっかり夜である。武家屋敷の夜は暗い。町人の町であればあちらこちらに店があって提灯《ちょうちん》のあかりも見える。

しかし武家屋敷は月明り以外はなにもないのである。

沙耶は提灯を持ってはいたが、提灯のあかりというのは実に頼りない。足元を照らすのがせいぜいであった。一人だったらかなり心許なかったろう。

だから橋を渡って日本橋に出たときには少しほっとした。

八丁堀に比べるとこのあたりは各段に明るい。

日本橋を渡って少し歩くと、闇夜に「らんめん」と書いた提灯が見える。らんめんの綱島屋《つなしまや》、とある。

普段は夜は閉めるのだろうが、雛市の時期は朝まで開いている。なんといっても雛市は昼も夜もやっている。夜中はともかく、客はかなり遅くまでいるのだ。

雛市の客を狙って開けている店の提灯を見ながら十軒店に向かう。十軒店は遠くからでもあかりと行列が目立った。

夜鷹蕎麦はもう出ているだろう。

客には男も女もいる。女が屋台の蕎麦なんて、と心配するのがばかばかしかったようだ。

「これはにぎやかですね」

きぬが驚いたようにあたりを見回した。

「そうですね」

沙耶も、夜にこんなににぎやかなのは初めてだ。

「あ、ありましたよ」

きぬが指さす先に屋台がある。なかなか繁盛していて、盗賊がやってくるようには見えなかった。

「もっと静かだと思ってたわ」

沙耶は少しあてがはずれたような気持ちになった。ただもう少し遅くなればきっと静かになるだろう。

それまでの間をどうすればいいか。春とはいえ、夜はかなり冷える。風邪をひいてしまいそうな気がした。

考えていると、一人の男が近寄ってきた。紅屋の桔梗屋である。

「沙耶様。どうされたのですか」

桔梗屋が好奇心の混ざった声で訊いてきた。単なる買い物ではないと踏んだのだろう。しかしこれは都合がいい。

「じつはお役目でやってきたのですが、早く着きすぎたようです」

沙耶が言うと、桔梗屋が大きく頷いた。

「それならいい頃合いまでうちでお過ごしください。外は寒いですよ」

沙耶は素直に甘えることにした。桔梗屋は沙耶には好意的だ。本来なら罪に問われるところをおとがめなしにしたのでとても感謝していた。

桔梗屋もまだ店をやっていて、客が絶えないようだ。

「夜でも紅が売れるのですか？」

「今は特別にね、雛人形用の紅を売ってるのですよ」

「人形のですか？」

「はい。自分で紅を引きたいというお客様がいらっしゃるのです。それもかなりの数ね」

自分で買った人形に紅を引いてあげたいという気持ちは沙耶にもわかる。人形は他の小物とは少し違って魂が入っている気がするのだ。

「人形用の紅があるんですね」

「今年から作ってみました。そうしたら飛ぶように売れています」

桔梗屋はほくほく顔である。季節ものとはいえ当たりの商品を引いたという様子である。

それにしてもよく思いついたものだ。

「よく考えましたね」

「それが、牡丹さんのおかげなのです」

「牡丹の？」

「実は、牡丹さんが雛人形の格好で歩いていて、ふと、自分に紅を引きたい客がいるかもしれないと思い立ったとのことで」

たしかに牡丹に紅を引くとなれば、やりたい女性は多いだろう。そこから人形に紅を引くという考えになったわけだ。

「でも紅はかなり高価でしょう？」

「それがそうでもないのです。本当の紅では定着しないので、紅も多少は使いますが赤墨と墨を混ぜています」

そういってから少しだけ苦笑する。

「朱座《しゆざ》の連中にもかなり儲けさせました」

朱座というのは赤い色を扱う問屋である。紅を除く顔料や赤い塗料は朱座以外は扱ってはいけない。桔梗屋は朱座から大量に仕入れたのだろう。

それでも赤墨のほうが紅よりも安いから、桔梗屋も儲かるというわけだ。

「沙耶様にはいくら感謝してもしたりないです」

言いながら店の者に言って甘酒を出してくれた。

「季節はずれですいませんが温まりますよ」

「今ではすっかり通年でしょう」

沙耶が言葉を返す。甘酒は本来夏の飲み物だが、江戸では冬も人気である。ぴりりと生姜をきかせると体がよく温まる。

「それでなにがあったのですか？」

桔梗屋があらためて聞いてくる。

「それが、この店のそばの夜鷹蕎麦の屋台で盗みの相談をしている人たちがいるらしいんです」

沙耶が言うと、桔梗屋は眉をひそめた。

「それは大胆ですね。本当でしょうか」

桔梗屋もにわかには信じられないらしい。

「芝居の練習ということはないですよね」

「それはないでしょう」

桔梗屋は首を横に振った。

「屋台ではやりません」

「やはりそうですか」

「役者の声というのは響きますから。そこらで練習したりはできないのですよ」

たしかに役者ならそうだ。だとすると一体どういうことだろうか。

「やはり本物なのではないですか」

きぬが納得したように言った。

「そうね。まずは話を聞いてみましょう」

しばらく待ってから外に出ると、人はもう絶えていた。時間が遅いからといってどこかに泊まれるわけでもないし、考えてみれば当然のことである。

清の店も人がいなくなっていた。

「こんばんは」

声をかけて歩み寄る。

「いらっしゃい。ちょうどよかったです」

清が嬉しそうに言った。

「そろそろ来るころですよ」

言いながら蕎麦の準備をする。

「筍おろし蕎麦でいいですか」

「お願いするわ。美味しそうね」

「屋台は季節ものを出さないと人気が出ないですから」

清が蕎麦を出してくれた。筍を茹でてから醬油につけたものと、大根おろしが載っている。できたての蕎麦は温かくて美味しい。

「朝掘った筍なんですよ。沙耶さんのお庭からですけど」

そう言って清が笑う。

「こんなに美味しくしてもらって嬉しいです」

筍はとにかくあとからあとから出てくる。そして端から掘らないとすぐに竹になってしまう。竹というのは放っておくとあたりを竹林にしてしまうので、筍のうちにどんどん食べるのが庭を守るコツである。

筍はしゃくしゃくしていて歯ざわりがいい。醬油につけ込んであって味もしみていた。

香りもまだ残っている。

それを大根おろしが支えていて、蕎麦とからむとなんともいえない香りが口の中に飛び込んでくる。

夏と違って冬の蕎麦は香りが強いから、香りが混ざり合う美味しさがあった。

ゆっくり食べようと思ったのだがあっという間に食べてしまう。

「少しはしたないですね」

思わず顔が赤くなる。

「蕎麦にはしたないもないでしょう」

清が笑った。しかし一応武家の妻なのだから気にはなる。

「蕎麦つゆでお酒を飲むのが美味しいんですよ」

言いながら、小さめの器に筍を入れて、つゆを足す。

「『抜き』です。どうぞ」

「抜き?」

「蕎麦の蕎麦抜きのことですよ。酒を飲むときに蕎麦の味が邪魔という人もいるんです」

たしかに酒を飲むにはつゆと筍だけのほうが美味しいかもしれない。

「そしてこれです」

清が熱燗をそそいでくれた。猪口《ちょこ》ではなくて湯呑みである。

「抜きには湯呑み酒が合いますから」

言われるままに酒を飲む。蕎麦つゆの塩辛さと熱燗は実に具合がいい。飲みすぎないように気をつけようと思う。

きぬの方はすいすいと飲んでいる。

酒は強いのだろう、と思っていると、四人の男たちがどやどやとやってきた。様子からすると江戸の人間ではない。出稼ぎに来た男だろう。

江戸にいると江戸っ子ではない人間がなんとなくわかる。どことなく所作《しょさ》が違うのである。言葉を聞く前からわかるものだ。

「抜きとひや」

ややなまりのある言葉で注文する。

四人とも飲むつもりなのだろう。

「こんなに寒いのにひやなのかい」

清があきれたように言う。

「まず体に酒を入れないとな」

一番年長らしい男が声を出す。年長といっても三十をすぎたあたりだろう。まだまだ体は元気そうだった。

「それにしてもうちの親分はずさんすぎる。あれじゃすぐに打ち首だぜ」

やや若めの男が溜息をついた。沙耶たちのことは気にならないようだ。

「江戸の同心なんざぼんくら揃いだからっていうけど本当かね」

どうやら本当に盗みの相談らしい。

男たちはどこから来たのか。川越《かわごえ》か、もう少し遠くかもしれない。江戸でひと稼ぎしてさっさと帰るというところか。

ただどうやら親分に不安があるらしい。

「それに俺は人は殺せないな」

「でも一人は殺さないといけないらしいぜ」

「親分が殺すのかな」

「あの人に人は殺せないだろう」

話からすると、男たちは盗みは初めてのようだ。ここで捕まえてしまうほうがいいのかもしれないが、なにもしていない人を捕まえることもできない。

一応話を聞いてみようと思う。

沙耶は十手を抜くと、男たちの目の前にすっと差し出した。

「御用だ」

声に出してみる。

男たちは十手を見て驚いた顔になった。しかし沙耶を見てほっとした顔になる。

「おいおい、性質《かた》の悪い冗談はやめてくれ。そんなことするとあんたが捕まるぜ」

「十手持ちを騙るなんてやめた方がいい」

「この人は本物だよ。江戸で唯一の女の十手持ちなのさ」

清が言う。

「本当に？」

「本当だよ」

「え。じゃあ俺たちは十手持ちの前で盗みの相談をしてたのか」

「そうなりますね」

沙耶は大きく頷いた。

男たちはすぐさま土下座《どげざ》をした。

「親分を助けてください」

「親分？　自分たちではなくて？」

「はい。親分は騙《だま》されてるんです」

「騙されているって、誰に？」

「それはわかりません」

男たちの言うことはどうも要領を得ない。

「騙している人を知らないのに騙されているって言うの？」

「『盗賊屋』という連中がいるんです」

「どういうこと？」

「盗賊の計画を立てて、それを人に売りつけるんです。こちらが失敗してもそいつらは痛くない。ただ実行するこちらのほうが儲かるには違いないのですが」

それは性質が悪い、と沙耶は思う。自分は手を汚さずに上がりだけかすめるというのは本当に悪い奴だ。

それに比べるとこの男たちは悪いように思えない。

だがどうしよう。目先の盗賊を捕まえるだけでは駄目だ。後ろにいる奴を捕まえないとどうにもならないだろう。

しかし悪い奴はもう逃げているかもしれない。

「それで親分はどこに押し入るつもりなの」

「久武という人形屋です。ここのところ儲けてますからね」

雛市の時期の人形屋ならたしかにそうだろう。しかし売るような計画というのはどうやって立てたのか。

「盗賊屋はなにを売るのかしら」

「店の絵図面と手順らしいですよ」

絵図面があればなるほど強い。しかし店の図面というのは住んででもいないと簡単には手に入らないだろう。

一体どうするのだろうか。

「俺たちは捕まるんですか？」

年長の男が心配そうに言う。

「言う通りにしてくれれば罪には問いません」

まだなにかしたわけでもないからだ。

「わかりました」

男が頭を下げる。

「まず、あなたたちはどこから来たの」

「へえ。俺たちは信州から来ました。『椋鳥』って出稼ぎ人です」

地方の冬の農閑期は雪が積もってなにもできない。そこで江戸に大量に出稼ぎにくる彼らの姿は、先日も目にした。

椋鳥は江戸の労働者よりも賃金が安くても働く。だから江戸の商人は椋鳥を便利に使うのである。

椋鳥のほうも、一文でも持って帰ればいいので安くても文句は言わなかった。

「安いお金に不満で盗みを考えたの？」

「親分が考えました」

「親分って誰？」

「村の男をまとめてて、安二郎《やすじろう》っていいます。普段から俺たちの面倒を見ている若者組の人なんです」

「村の人は集団で行動するの？」

「そうです。村は五人組で固まってますしね」

「そういえばそういうのがあったわね」

江戸以外の村は、五人一組でまとめられていて、誰かが犯罪を犯すと連帯責任を負わされた。

江戸は人口が多いうえに流動的だから、まったく使われていない。五人組がいやで江戸に逃げてくる連中もあとを絶たなかった。

「俺たちの村は若者組が固まって江戸に来るんです。村には留守役が残ってるくらいですね。そして金を持ち帰るんです」

なるほどと沙耶は思う。持って帰った金は稼いだ連中ではなく村の共有財産になるのだろう。

「今年は不作でしたから」

男たちがうなだれる。

「安二郎さんというのはいい人なの？」

「はい。自分の食い扶持《ぶち》を減らしてでも下の者の面倒を見る人です」

それはいい人なのだろう。そしていい人だからこそ盗賊を決意してしまうのは皮肉なことである。

悪いのは盗賊の手順を売った人間ということになる。

「では安二郎さんと話して盗賊をやめてもらえばいいですね」

沙耶が言うと、男たちは顔を見合わせた。

「それは多分できないと思います」

「どういうこと?」

「本当に盗賊をするのか見張られてると思うんです」

相手は一人ではないのだろうか。もし仲間がいるなら、盗賊を操る盗賊団ということになる。

「盗賊が終わったあとに報酬を渡すのかしら」

「そのはずです」

一度盗みに手を染めさせてしまえば、男たちは盗賊屋を奉行所に訴えることもできない。相手を縛るにはいいやり方といえた。

なかなか悪辣《あくらつ》である。

「ということは、盗賊に成功したように見せて相手を捕まえるしかないわね」

「そんなことができるんですか?」

「やってみるしかないでしょう」

どうすればいいかはあとで考えることにする。

まずは男たちの連絡先を聞くことだ。

椋鳥たちは秋葉《あきば》が原《はら》の旅籠町《はたごちょう》の家を借りていた。季節労働だからといって宿を借りていたら金はたまらない。

だから共同で家を借りる。江戸は家を借りることにはかなり厳しい。しかし季節労働者が相手だと多少はゆるいのである。

「いつ盗みに入るのですか？」

「まだ決まっていませんが、おそらく数日後でしょう」

「ではしばらくは普通にしておいてください」

そう言うと、沙耶は今日のところはきぬと帰ることにしたのであった。


「それは悪い奴だな」

月也が珍しく渋い顔をした。

「まったくです」

沙耶も答える。

蕎麦屋から帰って一度寝た翌朝である。

月也と朝食を食べながら、昨夜のことを口にした。

「その安二郎はいい奴だろう」

「はい」

「そして原因は不作ということか」

「そうですね」

「貧乏というのは困ったものだ」

月也が大きく息をついた。

沙耶も頷いたが、じつのところ実感はあまりない。貧乏同心の妻として暮らしてきた沙耶ではあるが、地方の貧しさは経験したことがない。

どう言っても江戸は金の集まる町だ。仕事もなくなることはない。出稼ぎをしなければならない厳しさは頭でしかわからないといえる。

しかしそれだけに、相手の貧しさにつけ込んで儲けるのは許せなかった。

「人形屋にどうやって説明しよう」

月也が困ったような顔をした。

「狙われてるから守ってやる、というのもどうかと思うからな」

たしかにそうだ。そうやって金をたかるのは同心のよくやる手である。相手としては心づけを渡して済まそうとするだろう。

信じてもらわねば困るのである。

「久武といえば、人形屋台の二人の件。あれを利用したらどうでしょう。二人が店を盗賊から救ったとなれば心証も違うでしょう」

あの二人と話して店に協力をとりつけるのがいい気がした。

「うむ。それでいこう。それにしても盗賊の計画を売るというのはゆゆしき事態だ。俺はお奉行に報告してくる。沙耶は二人を頼む」

「わかりました」

そうして沙耶は深川に、月也は奉行所に行くことにしたのである。


月也は奉行所に着くと、さっそく筒井のところに足を運んだ。本来は取り次ぎを頼むところだが、急いでいるので直接出向く。

筒井の部屋の前で声をかけた。

「紅藤にございます」

「入れ」

伊藤の声がした。

中に入ると手をついて頭を下げる。

「堅苦しいことはよい」

筒井の声がした。たしかに呼ばれもしない同心が奉行のところに来るのは、よほどのことである。

本来は同心は与力に報告をし、奉行には会わない。呼ばれたときだけやってくるようになっている。

「じつは人形屋の久武が盗賊に狙われているのですが、盗賊の計画を立てて売っている、『盗賊屋』という連中がいるようなのです」

月也が言うと、筒井の顔色が変わった。

「なんと、盗賊屋だと。それはまことか」

「はい」

筒井が、内与力の伊藤桂《けい》を見る。

「伊藤。これをどう思うか」

「左様ですな。どうしたものでしょう」

伊藤が右手であごを撫《な》でた。

二人はなにか通じ合ったようだが、月也にはわからない。二人はしばらく視線を交わしたあとに頷き合った。

「紅藤。このことは誰にも言っておらぬな？」

「はい」

「では今後も誰にも言うな」

厳しい表情で伊藤が言う。

「かしこまりました。しかしなぜですか？」

月也が訊くと、伊藤は苦々しげな顔をした。

「犯罪というのはな。きちんと処罰して見せしめにした方がいいものもある。しかし、その手があったか、と真似る人間が出てくるものもあるのだ」

たしかにそうだ。自分で手を汚さずに計画だけ売るなら出来る、と思う人間はいるだろう。

「表沙汰にすることでかえって事件を増やしては意味がない」

「では捕まえても逃がすのですか？」

「そんなことはせぬ。しかし書類には残さぬよ」

伊藤がきっぱりと言った。

「では捕まえるのは捕まえてよいのですね」

「そうだ。しかし捕り方は動かすなよ。岡っ引きもだ」

噂をまきたくないということだろう。

「わかりました」

「お前たちに押し付けるようですまぬな」

伊藤が息をついた。

「ではこれにて」

月也が下がる。

完全にいなくなったのをたしかめてから、伊藤は溜息をついた。

「紅藤にはあまり悪党の相手をさせたくありませんな」

伊藤からすると、月也は充分に働いている。が、手柄らしいものはほとんど記録に残っていない。

書類上はぼんくら同心のままなのである。

しかしそれは筒井や伊藤のわがままの結果でもある。江戸の治安は守っても記録には残らないという、貧乏くじを引かせているようなものだ。

だからこそ、あまり凶悪な犯罪にはかかわらせたくない。

「今回は厄介な相手だな」

筒井が重い声を出した。

「そうですね。まっとうな盗賊ではない」

どんな奴なのか、と思う。まっとうな盗賊というのもおかしいが、自分の体で盗みを働くのではなく、盗賊の上前をはねるというのは一番あってはならない。

そんな人間が出てきたら犯罪が量産できてしまうからだ。

「どうあっても始末しないといけませんな」

伊藤が言うと筒井も頷いた。

「しかしどんな奴が考えついたものだろう」

「絵図面を売るというからには、住み込みで働いている女中に図面を書かせて買い取っているのでしょうな」

店の間取りを書くだけなら罪の意識はないだろう。しかし、突然頼まれたら誰でも怪しむ。自然に聞き出せる誰か、が犯人にちがいなかった。

「金を受け取るときにあっさりと捕まるものかな」

筒井が言う。

「身代わりを立てるかもしれませぬ。金の受け渡しだけする人間がいるやもですね」

「我々も少し仕事をせねばならぬな」

奉行はお忍びで少し調べる気になったようだ。

かなり危機感を持ったらしい。町奉行は激務である。お忍びの時間など実際にはそうそうあるものではない。

それでもやるということは、江戸全部に危機が及ぶと思ったに違いなかった。

あとは紅藤夫妻がどのくらい頑張れるかである。岡っ引きなどに知れると、彼らが犯罪を犯しかねない。

だから内密に処理したかった。

町奉行所といっても清廉《せいれん》な人間は案外少ないのである。

この事件が終わったら紅藤夫妻にまた鰻でもご馳走しよう、と伊藤は思ったのだった。

そのころ。

沙耶は富岡八幡の人形の屋台へと足を運んでいた。

あいかわらず行列ができている。ここは列に並んでみようと思った。いきなり割り込んで二人と話すのはぶしつけな感じもする。

沙耶が最後尾に並ぶと、まわりの客が少しざわついた。

どうやら沙耶のことがわかる人もいるらしい。遠くから人形を買いに来た客はともかく、深川あたりに住んでいる人間には沙耶がわかるのだろう。

沙耶に頭を下げてくる人もいた。

一人で並んでいるとなんとなく居心地が悪い。そういえば沙耶単独でなにかするということはあまりない、と思いあたる。

普段はもちろん月也とだが、そうでなくても牡丹や音吉がいつも一緒である。寂しいと感じることはまずなかった。

だからこうやって一人で並んでいるとどこか心細い。

自分はみんなに支えられているな、と感じずにいられない。

「あら。沙耶さん」

並んでいると、狭霧《さぎり》が声をかけてきた。

「狭霧さん」

狭霧は富岡八幡の近くで料理屋を営んでいる。料理屋といっても女も呼べる岡場所のような店で、本来なら捕まってしまう。

しかしなにかあったときに奉行所に協力するということで、お目こぼしになっていた。

「こんなところでなんで並んでるんですか？」

「雛人形を買おうと思っているのです」

「並ばないで言ってくださいよ。すぐに買えますから」

狭霧が沙耶の手を摑んだ。

「時間がかかるばっかりですよ」

そう言って沙耶を列から連れ出してしまった。

「横入りはぶしつけではないですか？」

「沙耶さんはいいでしょう。ここを守ってるんだから」

狭霧はまったく気にならないようだった。

「そもそもお知り合いなんですか？」

「ああ、あの二人は今うちに住んでるからね」

狭霧がこともなげに言う。

「そうなんですか？」

「だって住むところがないだろう。知り合いのところに転がり込む以外は無宿人《むしゅくにん》として捕まってしまうからね。あの娘の父親に頼まれたんですよ」

「お父さんに？」

「間違って無宿人狩りに捕まるようなことがあったら大変だって。だからうちに住んでるんです」

「お父さんの紹介だって本人は知っているの？」

「もちろんです」

どうやら父親に甘えながらの家出らしい。仲直りするつもりの家出なら少し気が楽になる。

「二人に話があるのだけれど」

「では店を閉めたあとのほうがよさそうですね」

「夜になりますか？」

「いえ。昼すぎには売り切れるでしょう。もう残りの数も少ないようですから」

家から持って出た人形の数もそろそろおしまいというところか。

「少しわたしの店で待ちますか？」

「そうね。そうしましょう」

「沙耶さんが来るのも久しぶりですね」

狭霧が嬉しそうに言う。たしかに最近は足を運んでいなかった。

「本当にご無沙汰《ぶさた》です」

沙耶が頭を下げる。

「嫌われたかと思いましたよ」

狭霧はくすりと笑う。

「そんなことがあるはずないでしょう」

「わかりませんよ」

狭霧は笑っているが、目が少し真剣である。

「疑っていますか？」

「少し。わたしはこんな女ですからね」

狭霧が目を伏せた。こんな女、というのは遊女あがりということだろうか。

「そんな。気にすることはないですよ」

自分のなにかが狭霧を傷つけたのかと心配になる。だが、狭霧はすぐに明るい笑顔になった。

「気にしてないです。でもたまには来てくださいよ、寂しいから」

「ごめんなさい。気をつけます」

「沙耶さんは人気者だから。こちらは自分なんか忘れられてるかもって思いがちなんですよ。くだらない気持ちですけどね」

そう言われて沙耶ははっとなる。自分では今までと変わらないつもりでも、いつの間にか世間の見る目は変わっていくものだ。

最初はぼんくら同心の小者でしかなかったのが、いつの間にか「沙耶」として深川や日本橋に溶け込んでいる。

その中で「自分は変わっていない」というのはある意味おごりなのかもしれない。

まわりの見る目に合わせて少し自分の心を変えないといけない。

たとえば自分は同じように接していても、「有名になったと思っていい気になってやがる」と思われることはあるだろう。

自分の気持ちが同じでも相手の気持ちが変わっているなら、こちらは態度を少し控えめにしなければ。

狭霧にしても、沙耶にとっては「少しご無沙汰」だが、狭霧からすると「自分は必要なくなった」と思うのかもしれない。

沙耶のことを支えてくれている女性たちにもう少し気を使おうと思った。

店に入ると、料理人に料理を出すように言いながら狭霧が酒を持ってくる。

「昼だけど飲んでしまいましょう」

嬉しそうに言う。

ここは付き合って飲もう、と腹に決めた。

「いただきます」

笑顔を向ける。

「そうこなくちゃ」

狭霧が酒と一緒につまみを出してきた。

「まずはこれですよ」

狭霧が出したのは、叩いた梅干しに大根おろしを載せたものだった。その上に辛子が載っている。

「この辛子梅干しが美味しいんです」

辛子と大根おろしと梅を全部箸で混ぜてしまう。醤油は差していなかった。

食べると辛子のつん、とした辛みがきいているが、それを梅干しの塩味と大根おろしが包み込まずにそれぞれの存在を主張している。

まるで調和していないのにいい塩梅《あんばい》になっているのは、梅干しの力かもしれない。

そして口の中に酒を流し込むと、そこで初めて調和する気がした。

「これは美味しいですね」

「だろう」

狭霧も美味しそうに酒を飲んだ。

「ところで、久武の人もここの客なんですか？」

「常連さ。といっても料理のほうのね」

狭霧はそう言うともう一口酒を飲んだ。

「久武の若旦那は情が細かいし気がきくんだけどね。娘のことになるとこう、溺愛《できあい》っていうのかな。他の男にやりたくないんだよ。まあ、職人がいやってのはわかるけどね」

「そうですよね。狭霧さんは店の主ですものね」

「うん。店を切り盛りしてるとわかる。働いている人に高く払ってあげたいけど無理、とかあるだろう。でも職人はいいものを作りたいからさ。店の切り盛りなんて知ったこっちゃないんだよ。そしたら店が潰れちゃうじゃないか」

たしかにそれはそうだ。しかし恋愛というのはそういう諸々を飛ばして好きになってしまうのだから仕方がない。

「その職人さんは素敵な人なんですね」

沙耶が言うと、狭霧は笑い出した。

「娘は雛《ひな》っていうんだけどね。武吉《たけきち》って職人を好きになるのなんてあの娘くらいじゃないかね」

「素敵じゃないんですか？」

「ないね。なんでいいのかわからない。けどさ、理由がわからないけど好きっていうのを恋って言うんじゃないかな」

「そうですね」

「こう言っちゃなんだけど、月也さんを好きになるのって大変だと思うよ。今はまだいいけど、ぼんくら同心の嫁なんて、って思うかな」

そう言われるとなんとなく反論したくなる。沙耶にとっては月也よりもいい男など一人もいない。

しかし外から見れば、金は稼げない。犯人は捕まえない。そもそも毎回小者に逃げられて岡っ引きにも相手にされない。

よく考えると月也にはいいところがなく見えるのもわかる。

「でも好きなんです」

思わず声に出してしまう。

「そうそう、それでいいんですよ。自分にだけぴたりと合う片割れがいるって幸せなことですからね」

梅干しがなくなったころに食事が出てきた。見た目には丼《どんぶり》に山芋のすりおろしたものが盛ってあるように見える。

「これはなんですか？」

「食べればわかるよ」

口に入れると、それは山芋とお粥を混ぜたものだった。山芋は少し甘い味がする。水飴が混ざっているようだ。

醤油を鰹の出汁《だし》で割ったものをかけて、山葵《わさび》も載っている。山葵の辛みと水飴の具合が実にいい。

思わず会話を忘れて食べてしまう。

食べていると、雛と武吉が戻ってきた。

「こんにちは」

二人が頭を下げる。

「沙耶様ですね。初めまして」

「あんたたちに話があるんだってさ」

狭霧に言われると、二人に緊張した様子が走る。

「駆け落ちというわけではないんです」

口を開いたのは雛だった。

「これはちょっとした暖簾分けのようなもので」

駆け落ちはかなり重い罪だから、疑われたくないのだろう。安心させるために沙耶は笑顔になった。

「心配しないで。駆け落ちの話ではないの。実は久武が盗賊に狙われているのです」

沙耶が言うと、二人は驚いた表情になった。

「うちがですか？」

「雛市の売り上げを狙われているみたい」

「そんな、どうしたらいいんですか？」

武吉が少しかすれた声を出した。

「それなんだけど。ご両親に話をしてほしいのよ。いきなり盗賊に狙われてるなんて同心が言っても信じてくれないかもしれないでしょう」

「そうですね」

雛が頷く。

町人と同心の関係は微妙である。あからさまに敵対しているわけではないが信じてもいないからだ。

「わかりました。父にはわたくしが言います」

「ついでに仲直りもね」

沙耶が言うと、雛は渋い顔になった。

「父は武吉さんとの仲を認めてくれません」

「認めさせるために頑張らないと」

それから沙耶は武吉の方を見た。

「職人気質《かたぎ》もけっこうだけど、雛さんのために少し変わるくらいできないの？　自分を変えたらもう職人ではないの？」

沙耶に言われて、武吉はばつの悪そうな顔をした。

「たしかにそうですね。俺が狭量でした。若旦那様に頭を下げます」

これでこちらは解決だろう。

あとはその安二郎という男だ。

いい人だと言われても盗賊には違いない。まずは椋鳥たちと話をしてみないといけない。

「ところで雛さんは武吉さんのどこが好きなのかしら」

沙耶はつい訊いてみた。狭霧に言われたことがひっかかっている。

「どこが、ですか」

「ええ。好きになったところ」

「わかりません」

言ってから雛は自分でもおかしかったらしく笑い出した。

「本当になんで好きなんでしょうね」

「おい。ひどいだろう」

武吉が怒ったように言った。

「じゃあ武吉さんはわたくしのどこが好きなの？」

「全部だ」

「そんなの、好きなところがわからないのと同じでしょ」

雛が笑いながら言う。

「いいのよ。好きなときにはわからなくて。嫌いになったら嫌いな場所がたくさん出てくるわ」

雛はそう言うと、今度は沙耶を見た。

「盗賊に狙われてるってことは、どんな盗賊かもご存じなんですか？」

「椋鳥っていう出稼ぎの人の集まりよ」

沙耶が言うと、雛は納得したような顔になった。

「ははあ、あれですね」

「心あたりがあるの？」

「ええ、なんとなく。米搗《こめつ》きのお兄さんですね」

「米搗き？」

「米搗きは出稼ぎの人が多いんですよ。なるほど、盗賊にね……」

米搗きというのは、玄米を臼《うす》で搗いて白米にする仕事だ。力仕事だが、白米を食べたい家庭には必須である。

外でも搗くが、客の家の台所や土間《どま》に入ってきて搗くことも多い。搗いて出たぬかを分けてもらうのに家の中のほうが都合がいいからだ。

家に入ったついでにいろいろ見ることができる。

家のつくりというのはそう変わるものではないから、大体の配置を見れば詳細がわかるのに違いない。

「でもそれで図面を作ったとしても、ちゃんと押し込むことはできないと思うわ」

雛が少しあきれたように言った。

「そうね。いい加減なものしかできないと思う」

沙耶も言う。

「素人《しろうと》の盗賊ごっこみたいなことは失敗のもとなのに」

雛は度胸が据わっているらしく動じていない。武吉のほうがおろおろしているようだった。

「それでわざわたくしたちを捜すということは、なにか役割があるのですよね」

「ええ。押し入られてほしいのです」

沙耶に言われて雛がにやりとする。

「罠《わな》を仕掛けるのですね」

「ええ。といっても盗賊にではないですよ。盗賊屋にです」

「盗賊屋?」

「さっきの話に繋がるのだけど。今回はね、素人の図面じゃなく盗賊の計画を立てて売っている人がいるようなのです。それが盗賊屋」

「それは悪い人ですね」

雛が眉をひそめる。

「だからなんとか捕まえたいの」

「沙耶様は盗賊とはつながっているのですか?」

「ええ。なんとか盗みが成功したように見せたいのです」

「わかりました。それなら協力します」

雛が胸を張る。

それから気になったように言った。

「盗賊も捕まえるんですか？」

「彼らはなにもしてないから、協力してくれれば無罪ですよ」

「出稼ぎで盗賊なんてやるものではないですよね。なんでそんなことするんでしょうね」

「不作だったそうです」

沙耶が言うと、雛は少し気の毒そうな顔になった。

「盗賊したくなるって苦しいんでしょうね」

雛はいろいろと飲み込んだらしかった。

「あとの手筈《てはず》は沙耶様にお任せします。なんだか楽しいですね」

たしかに盗賊ごっこは楽しそうだ。

「ではまた連絡しますね」

すると雛は目を輝かせた。

「そういうのつなぎって言うんでしょう？」

「そうですけど、あまりそのような符丁《ふちょう》を使うものではないですよ」

雛はこの捕り物ごっこが気に入ったようだった。たしかに普通に暮らしていればそうそう刺激があるものではない。

沙耶でも雛の立場なら楽しいだろう。

「お願いしますね」

雛に声をかけると牡丹に会いに行くことにした。椋鳥のところには牡丹と行ったほうがいいだろう。月也とではまさに捕り物になってしまう。

旅籠町のあたりまでは、顔が割れていないことを祈るしかない。

狭霧の店を出ると牡丹の店まではすぐである。着いてみると相変わらず繁盛していた。

「沙耶様」

表情がぱっと輝く。牡丹の顔を見るとなんだかほっとした。沙耶がどうであっても好意を持ってくれているという安心感がある。

「今日はお一人なんですか？」

「それがね」

牡丹にどう説明したものか少し悩む。盗賊と手を組んで盗賊屋を捕まえる、というのはここでは言えるわけもない。

「今日は店を閉めますね」

牡丹のほうはぴんと来たらしい。

素早く店を畳《たた》んでくれた。

「また明日」

客たちに声をかけると、牡丹がさっと沙耶の横に並ぶ。

「聞かれたくない話があるのですね」

牡丹が気を回してくれる。沙耶の表情を見てだいたいのところを察してくれるという意味では牡丹が一番である。

だからつい甘えてしまう。

「ごめんなさい。いつも迷惑をかけて」

頭を下げると、牡丹は驚いたようだった。

「どうしたんですか？」

「うん。わたし、いつも周りに迷惑かけているくせに、気遣いが足りなかったから」

狭霧のことを話すと、牡丹は笑い出した。

「そんなことですか。気にすることないですよ」

「そう？」

「ええ。ちょっとすねただけでしょう。狭霧さんの悋気《りんき》なんて音吉姐さんに比べればものの数ではないですよ」

それから真顔になる。

「それよりもお務めのことなのでしょう?」

「よくわかるわね」

「沙耶様の顔を見ればなんとなくわかります。歩きながら小声で話すのが一番安全ですよ」

言われるままに話す。牡丹は沙耶の邪魔にならないように静かに聞いていたが、最後まで聞くと頷いた。

「それは月也様と一緒のほうがいいでしょう。ただし押しかけるのはうまくないです。これからわたしが呼び出してきましょう。沙耶様は月也様を探してください」

たしかに月也のほうが説得力はあるだろう。

「狭霧さんの店を使わせてもらうのがいいですね」

牡丹がてきぱきと言う。

「そうね。それがいいわ」

沙耶はそう言ってからはたと気が付いた。

「でも牡丹は相手の顔を知らないのではないの?」

「顔なんて知らなくてもわかります。ご安心ください」

牡丹はそう言ってさっさと歩いて行ってしまった。

いったいどういうことなのかわからないが、牡丹が言うなら平気なのだろう。沙耶は牡丹と別れると少し考えた。

月也がどこを歩いているのかを想像する。

そういえば沙耶といないときの月也がなにをしているのか、沙耶にはわからない。もちろん風烈廻りの仕事をしているのだとは思うが、見ることはできない。

浅草近辺に行っていたら探しようもないが、日本橋か両国あたりにいそうな気がした。

日本橋や両国で火が出ると被害は大きい。だからわりと頻繁《ひんぱん》に歩くことになる。料理屋が多いから火も出やすいのだ。

なんとなく両国にいるような気がした。

日本橋と違って雑多な雰囲気で人間臭いからだ。二人で歩くなら日本橋のほうがなんとなく落ち着くが、一人なら両国がいいような気がした。

両国はなんでも安い。飲食店は基本的に四文である。例外は近年出てきた握り寿司の「与兵衛《よへえ》寿司」が少し高くて、一個六文である。

両国広小路を両国橋のほうに向かっていく。

普段よりも荒物屋《あらもの》が繁盛している気がする。人が並んでいた。なにを買いたいのだ
ろう、と少し興味が湧く。荒物屋ということは安く済ませたいということだ。
　小間物屋より少し安くて少し質が悪いのが荒物屋である。
　使い捨てのものなどを買いたいときによく使う。
とはいっても質のことがあるから、みなはなにを買うのか興味があった。沙耶も荒
物屋は使う。雑巾などを買うのには便利だった。
　雑巾は本来自分で縫うものだが、見廻りをしている沙耶としては買った方がいい。
四文屋だと四文で、荒物屋だと五文である。
　その一文で大分質が違う気がした。
　荒物屋の前まで行くと、どうやら下駄《げた》と鼻緒《はなお》の安売りをしているようだった。雛市
で歩く人用に安い下駄を売っているらしい。
　どんな鼻緒があるのかも気になる。鼻緒は高いものになると十五両もするかわり
に、安いものだと五十文である。
　下駄も高ければ一分はするが安いものなら百文ぐらいだ。
　店を見ると、下駄と鼻緒込みで八十文とある。
　雛市の間だけ履いてあとは焚《た》きつけにでもすればいいというところだろう。なんと

なく心が動いたが、今日のところはやめておくことにした。

たとえ安くても新しい下駄はいいものだが、使い捨ては少々もったいない。

あちこちの店を覗きながら歩を進めていると、月也がぶらぶらと歩いているのが見えた。

さまざまな店の人に声をかけられている。

なんだか月也らしい、と思う。同心は普通、自分から声をかけてもかけられることはない。

それだけ同心は怖いということだ。にもかかわらず、月也が話しかけられる姿を見ていると同心ではないかのようだ。

もっとも定廻りや隠密廻りからすると月也の態度はけしからぬ、ということになる。同心はなめられたらおしまいだという考えだからだ。

しかし沙耶は町人に囲まれている月也のほうが好ましい。

沙耶が近寄っていくと、誰が最初に気が付いたのか知らないが、月也のところまでさっと道が開く。

あっさりと隣に着いた。

「これをどうぞ」

一人の男が沙耶の前に団子を差し出してきた。

「ありがとうございます」

代金を払おうとすると、男があわてて止める。

「お代はいいので感想を言ってください」

そう言われて食べる。

団子は味噌を酒で練ったものであった。甘いことは甘いがあくまで味噌の甘さである。団子の生地をうまく味噌が包んでいてなんとも言えず良い風味がした。

これで酒を飲むのが好きな人も多いだろう。

「なんだかお酒が欲しくなる味ですね。美味しい」

「がんばっていますから」

店主が顔をほころばせた。

そしてすぐに沙耶の前から姿を消す。

「沙耶様が食べた団子だよ！　お墨つきだっ」

近くから声がした。客が押し寄せる気配もする。

「さっきからいろいろ食べさせられているのだ」

月也が苦笑した。

　どうやら月也が食べるだけでものが売れるらしい。

「これ以上襲われる前に行こう」

　言われて、両国を抜ける。

「やれやれ。ひどい目にあった」

　月也がぼやく。

「振り切ればよかったでしょう」

「そんなことはできない。みんないい連中なのだから」

　月也には「いい奴」を無下にすることなどできないに違いない。人気があるのはいいことなのだし。

「それよりもどうなのだ」

「狭霧さんの店で盗賊たちと話し合うことになりました」

「盗賊は話し合いに応じるのだな」

　月也がほっとした顔をする。

「本物の盗賊ではないですからね」

「それでいつだ」

「この後さっそくだそうです」

「たしかに急いだほうがいいな」

月也も頷く。盗賊屋とどんな話になっているかわからないからだ。

沙耶は月也と並ぶと狭霧の店に向かった。

店に入ると、狭霧と盗賊たち、それに牡丹がいた。

盗賊たちの真ん中にいるのが安二郎だろう。意志の強そうな顔をしている。中心的人物だというのがひと目でわかった。

沙耶と月也を見ても悪びれもしない。

「すまないが悪いのは俺一人ってことでどうだろう」

挨拶もそこそこに胸を張って言ってきた。覚悟の上の悪いこと、と決めていて、後は自分が罪を被っておしまいにしようという様子だ。

「おぬしを捕まえたいわけではない」

月也が言う。

「そもそもまだ何も悪事を働いておらんのではないか」

そう言われて安二郎も黙る。

「じゃあ俺たちを見逃してくれるって言うのか」

「その代わり少し力を貸して欲しい」

月也が言う。

「まあまあ。そう睨み合わないでお酒をどうぞ」

狭霧が酒をすすめてくる。

「今日は白いのがいいだろう」

言いながら出してきたのは白酒ではなくどぶろくであった。

「こいつはなかなか美味しいですよ」

言いながら茶碗に酒を注いで回る。

「そしてどぶろくにはこれが合います」

そう言いながら蕎麦がきの田楽《でんがく》を出す。蕎麦粉を練って蕎麦がきにしてから串に刺して焼いたものだ。味噌が塗ってあって、焼いた味噌の香りが香ばしい。

「信州の味噌を塗ってます」

信州の味噌は江戸のものより塩辛い。それが蕎麦がきと相性抜群である。蕎麦の香りと味噌の香りが混ざっていて、酒によく合った。

「これもどうぞ」

狭霧は豆腐の田楽も出してきた。歯ごたえのある硬い豆腐に江戸の味噌を塗って焼いてある。なるほど江戸の甘い味噌には豆腐のほうが良いようだ。

「出稼ぎの味ですよ」

狭霧が笑顔で言う。

信州の味噌と江戸の味噌が並んでいるのは、たしかに出稼ぎを思わせる。

安二郎たちはしばらく黙って田楽を食べて酒を飲んでいた。

「今年は不作でな。俺たちが出稼ぎをしても娘っ子が身売りをしないでは済まねえ」

安二郎が苦しそうな声を出した。

「だから稼いでる連中から少しいただこうと思ったんだ」

「どこで盗賊屋と知り合ったのだ？」

月也が訊く。

「なん八《ぱち》食堂ですよ。米を搗きに行ったんです」

食堂なら玄米を精米する機会も多い。

「客の中にいたのだな？」

「そうです。米搗いてもいくらにもならないだろうって話しかけられて」

なん八食堂は、なんでも一皿八文なので「なん八」という、安い食堂の代名詞だ。

そこで米を搗いてもたしかに手間賃はたかが知れている。

「声をかけてきたのはどんな男なのだ？」

月也がさらに訊く。ここは沙耶より月也に訊かれたほうが答えやすいだろうから、沙耶はなにも言わずに安二郎を見ていた。

安二郎は月也にはなにもかも話すつもりらしい。顔に曇りがない。

「武家なのか浪人なのかはわかりませんが、普通の町人ではないと思います。すごく頭の良さそうな感じでした」

「どちらかはわからないのか？」

武家と浪人では大違いだ。浪人なら町奉行の管轄で裁くことができるが、武家なら支配違いということになる。

「どちらかと言われてもなかなか見分けはつきません」

たしかにそれはそうだろう。武士が武士らしく見栄を張っているならともかく、雰囲気だけでは判別はつかない。

「それでなんと言ってきたのだ？」

「盗みを働いてすぐに江戸を出ればそうそうは捕まらないと。町奉行所はさておき八州廻りなら手は回らないと言われました」

江戸町奉行も人手は足りないが、八州廻りともなるともっと手は足りない。江戸から逃げられてしまったらそう簡単に捕まえることはできないだろう。

「相手に払う料金はいくらなのだ」

「盗んだ金の一割だと言われました」

「良心的といえば良心的だな」

月也が感心した声を出した。

一割というのであれば払いやすいかもしれない。ただやり口としてはいかんせんあくどい。

もし武家が片手間で稼ぐつもりであればひどすぎる話だった。

「どうやって金を受け渡すのだ」

「盗んだ日の翌朝に俎橋《まないた》のあたりで受け渡す予定でした」

俎橋ということは九段坂下《くだんざかした》あたりだ。そこで金の受け渡しとはなかなか考えたものだと思う。九段坂下のあたりはぶらぶらしている若者が多い。

坂を上るのを手伝ってもらっているふりをして金を受け渡せば目立たないだろう。

初めてというわけでもなさそうだった。

「すると九段での受け渡しのときに捕まえればいいだろうか。仲間はいそうなのか？」

「います。というか二人でやっている感じですね。凶悪な顔の奴と優男《やさおとこ》です」

安二郎が言う。

「二人のねぐらはわかっているのか」

「押し込みの前後あたりは、念のためいつもの宿を離れると言っていました。おそらく向島のほうに潜んでいるはずです」

「うむ。ではやはり押し込んだふりを見せて、向島で不意をつくか」

月也が大きく頷いた。

「お世話になります」

安二郎は頭を下げた。

「まずは押し込みが大事だ。よいか。けっして気取《けど》られるなよ」

月也が堂々と言う。

安二郎たちは一斉に平伏した。

これで仕込みはなった。あとは実行するだけである。

「あまりわたしたちがうろうろするのもよくないですね」

沙耶も月也も目立ってしまって仕方がない。

「つなぎはわたしがやりましょう」

狭霧が名乗りをあげる。

「たまには沙耶様の役に立たせてください」

どうやら他の人たちばかりが活躍している、という思いがあるらしい。

「ではお願いします」

沙耶が頭を下げる。

「きっとうまくやりますよ」

狭霧は楽しそうである。

仕込みを狭霧に任せて、家に帰ることにした。

家につくと、月也はいかにも疲れたという顔をして部屋に入る。

「少し燗をつけてくれるか」

月也に言われて火鉢にちろりをうずめる。ついでになにか炙って食べることにした。

干したイカを取り出して細く裂いていく。それから火鉢の上で炙った。部屋の中にいい香りが漂う。

「イカはいいな」

月也が嬉しそうに言う。

「これくらいしかありませんが」

「これでいいではないか。なにを贅沢《ぜいたく》を言うことがあろう」

一品だと少し寂しいので、梅干しを叩いて刻んだ葱を載せたものを作る。

月也はいそいそと梅干しにも箸を伸ばした。

「しかしあの椋鳥の連中、なんとか助けられぬものか」

「助けるというのはどういうことでしょう」

「路銀を渡してやるとかではないかな」

「情けをかけるのは賛成ですが、お金をただ渡すのは問題でしょう」

ただでもらう金は価値が低い。つい甘えてしまうからだ。

「そうだな。なにかの対価を支払うほうがよいな」

月也は考え込んでいる。

「では信州の新蕎麦の代金を先に払うのではどうでしょう」

沙耶が言うと、月也がぽん、と手を叩いた。

「それはよいな。しかしどの程度の分量を買えばいいのだ」

「奉行所で買うというのはどうでしょう。蕎麦であればいくらでも使い道はあるでしょう。すす払いのときに使ってもいいのではないですか」

なにか行事があるたびに江戸では蕎麦を食べるから、あって困るということはない。筒井もそういう事情なら蕎麦代を出しそうだ。

「よし。相談してみる」

そういうと月也はぐっと酒をあおった。

「明日からしばしまた普通のお務めに戻ろう」

月也に言われて、沙耶も大きく頷いた。

しばらくはなにごともなかったように、と心に決める。

そして数日がたった。


今日はいよいよ押し込みの日である。といっても「成功」してもらわねば困るから、沙耶たちのやることはなにもない。

一応心配なので、清の屋台で蕎麦を食べて待つことにした。「成功した」という様子をしっかりと確認しておきたい。

犯行が起きるあたりの時分に屋台を出してもらうことにした。

「楽しみですね」

清が面白そうに言った。

そして蕎麦を出してくれる。

「今日は客があまりこないでしょうから特別ものです」

蕎麦の中には、煮て生姜と醬油で味をつけたバカガイと、タラの芽が入っていた。タラの芽のほのかな苦みが、バカガイの風味を引き立てている。

「これは酒が欲しくなるな」

月也が唸る。

「飲みますか？」

清に言われたが首を横に振る。

「なにかあってはいけないからな」

言いながら蕎麦をすする。

「しかし本当に旨いな」

月也の言う通りである。むちっとしたバカガイの食感と一緒にタラの芽を食べると、甘みと苦みがちょうどいい。

しばらくすると、久武の娘の雛がやってきた。着物が朱墨で真っ赤である。どうやら刺された芝居をするのに使ったらしい。

「こんばんは」

嬉しそうに屋台の前に座る。

「見事に刺される役をやりました」

「声だけでよかったのに。着物が駄目になるのはもったいないでしょう」

「これはいいんです。駄目になってもいいというか、掃除用の着物ですから」

雛があっさりと言う。外出着ではなくて、蔵の掃除をするときなどに着るものなのだろう。

「もし犯人が見張っていても、わたくしが刺されたと思うはずですよ」

雛の顔は上気している。興奮で顔がつやつやしていた。

「うまくやれたのならなによりです」

声をかけると、いよいよこれからがもうひとつの本番だ、と気を引き締めたのであった。

「ここに間違いないですね」

沙耶が言うと、安二郎は大きく頷いた。

「間違いないです」

沙耶がいるのは、向島にある一軒の家の近くであった。商家の別荘である。といっても盗賊屋に関係のある店ではないだろう。

そこそこ大きな家で、中から少し明かりが漏れている。盗賊屋の男は中にいるのだろう。

こちらの男手は月也と武吉、そして安二郎である。沙耶は気掛かりだったが、月也はまったく不安がなさそうだった。沙耶も今日は木刀を持っている。

他の椋鳥の四人は、家の近所を歩いて回っていた。

向島で潜むとはいえ、見張りを立てていないとも限らない。

だから椋鳥たちにあたりを見廻らせたのである。少々危ない気もするが、見張りはいても一人か二人だろうと思う。

誰か見つけても襲いかかることはしないで、声を出すように言ってある。

「俺一人で充分だからな」危ないから手を出すな」

月也は安二郎に注意をしている。

たすきをかけて戦十手を持った姿はいかにも頼もしい。

「ではいくぞ、安二郎」

「へい」

二人は家まで行くと戸を叩いた。

「安二郎です。明日九段あたりで集中的な見廻りがあるとのことで、急遽《きゅうきょ》こちらに金を持って参りました」

戸が開いたと同時に月也が踏み込んだようだ。

騒ぎになるのがわかった。といっても戦いに慣れている月也に勝つことはまずできないだろう。

音がやむのを待っていると、

「御用だ!」

という声がした。

思った通りである。沙耶は声のした方向に目を向けた。闇の中で男が逃げていくのが見えた。

椋鳥の一人が追いかけていく。だが男の足はなかなか早い。囲まれているわけではないから、逃げるのは容易に見えた。

考えが少々甘かっただろうか。しかし捕り方を頼むことはできないのだから、仕方がない。

とにかく男のほうに急いで向かう。夜の闇で見失わないことを祈るだけだ。

すると、男の前方になんと屋台が現れた。夜鷹蕎麦である。提灯をいくつも吊るしているからかなり明るい。

清であった。

その脇に牡丹が立っている。

「御用だ！」

牡丹が叫ぶ。

男はたじろいで立ち止まった。まっすぐ進めば逃げられたかもしれないが、屋台の明かりに向かって進むのがためらわれたのだろう。

「御用だ」

沙耶も叫んだ。

凶悪な顔の男が沙耶のほうを向く。沙耶なら与《くみ》しやすいと見たのだろう。懐に手を入れるのがはっきり見えた。

匕首《あいくち》を持っているに違いない。

木刀のほうが匕首より強いのはわかっていても、体に緊張が走る。口の中の水分が抜けていってしまう。

殺意を持っている相手は怖い。武器が弱くても殺意が強ければ勝つことも多い。沙耶はそこらの男には負けないが、殺意が強い相手は苦手だった。

勝てるはずだ、と思いながら、木刀を握る手に余計な力が入るのを感じた。逆に肩の力が抜けてしまい、全身が心許ない感じになる。

力が入りすぎるとかえって力が抜けてしまうのだ。

これでは勝てない。月也のいる方向に逃げるしかない。

商家の方に足を向ける。

男は沙耶が怯えたと見て速足になった。これではすぐに追いつかれるだろう。

ここは戦わないと駄目だ、と木刀を構え直した。

男の足が止まる。

気がつくと、どうやったのか月也が隣にいた。商家からここまでは離れているはずなのに、いつの間にかやってきていたのだ。

「御用だ」

月也が戦十手を構えた。

男の表情がゆがむ。月也に勝てないことはわかるのだろう。

「観念しろ」

月也が怒った声を出した。

男は月也の構えを見て、戦っても無駄だと悟ったようだ。匕首を地面に投げ捨てた。

「大人しく捕まるよ」

だが、どこか余裕があるように見えた。

「逃げる自信でもあるのですか？」

沙耶が思わず訊く。

「まさか。俺はどうせ死罪だろうよ。だが、牢屋の中で盗賊屋の手法をバラまいて死んでやるからな」

ふふん、と笑ってみせる。

「お前、悪い奴だな」

月也が感心したように言った。

「おう。俺は悪いよ。それがどうした」

「いいところを言ってみろ」

月也が言うと、男は驚いた表情になった。

「なんだって」

「俺はな、世の中にはいい奴しかいないと思っている。お前は悪いかもしれないがひとつくらいいいところはあるだろう。それが知りたいのだ」

月也に言われて男は黙り込んだ。

「そんなことを聞かれたのは初めてだな」

「そうなのか？　しかしいいところがあるから悪だくみができるのだろう」

「悪だくみは悪いからするのだ」

「それは違う」

月也は頭を横に振った。

「頭の悪い奴は悪だくみはできない。それができたのだから、誰かになにかを教わったのだろう。そのときのお前はいい奴だったに違いない」

月也の顔は真剣である。

「なぜそんなことが聞きたいのだ」

「俺は安心したいだけなのだ。誰でもいい奴だってな」

「いや。世の中には俺のように性根《しょうね》の腐った人間もいる」

男が言い返す。

「なら今からいい奴になれ」

「今さらいい奴になってどうするんだ。俺はどうせもう死んでしまうんだぞ」

男が目を剝《む》いて怒った。

だが月也は負けない。

「たとえ小半時でもいい奴になれ。そしたら俺がお前のことを憶えておいてやる。名前はなんだ？」

「半助《はんすけ》だ」

「半助のことはいい奴として憶えておいてやるから、いい奴になれ」

月也に言われて、半助は溜息をついた。

「俺みたいな下手人にそんなことを言うあんたは、同心には向いてないと思うよ。いつか裏切られる気がする」

「それでもいいいさ」

月也はきっぱりと言った。

「縄はかけない。いい奴として番屋に行くといい」

「わかったよ」

半助は頷くと笑った。それはさっきとは違う少し明るい笑いだった。

「子供のころに旦那に会わなかった俺が悪かったたってことだな」

半助はあきらめて大人しくなった。

「これで一人は落着だが……」

「優男のほうがいません。すごく頭のいい奴です」

安二郎が言った。

「そうなのか？」

「本当に計画を立てたのはそちらですよ」

「なぜここにいなかったのだ？」

「本来の受け渡しは俎橋あたりなので、ここには足を運ばなかったのかもしれません」

目立つところでの立ち回りをしないための夜襲だったのだが、犯人を逃がすことにもなりかねない。

「どうしよう」

月也が顔を曇らせた。

「ここにいないのなら、明日受け渡しの場所に姿を表すかもしれません」

沙耶が言うと、月也もそう思ったらしい。

「そうだな。明日行ってみよう。まずは半助を連れて番屋へ行ってくる」


そして翌朝。

沙耶は九段坂の下にいた。いざというときのために九段で「手伝い業」を営んでいる若者たちに声をかけてある。

犯人がどう出ても取り押さえることができるだろう。

九段でしばらく待っていると、安二郎たちが現れた。沙耶に目くばせをする。

それから盗賊屋らしき男に近寄った。

男はたしかに優男である。見ていると、沙耶と月也に気がついたらしい。金を受け取るのをやめて逃げようとした。

しかし九段坂を上るのは大変である。川沿いに冬青木坂《もちのきざか》の方に逃げようとした。

「御用だ！」

沙耶が声をかけた。

その声を合図に、若者たちがいっせいに男を囲む。

男は一瞬逃げようとしたがすぐに観念した。

それから安二郎を見てなにか言っていた。軽く悪態をついたようだが、すぐにやめたらしい。

沙耶と月也が男のところに行くと、あきらめた顔をしていた。

「どうしてこのようなことをしたのだ」

月也が言うと、男は肩をすくめた。

「金のない子供たちに読み書きを教える金がいるんですよ」

それから男は月也に言う。

「字の読めない子供は金を稼げない。その子供も金が稼げない。貧しいということがつながって親子代々貧乏になってしまう」

男は残念そうに言った。

「盗んだ金で子供を教えようというのがいけないのかもしれないが、わたしも貧乏なんで仕方がないんだ」

「浪人なのですか？」

沙耶が聞くと男は頷いた。

「浪人の貧乏は厳しいですからね。貧しい子供を減らしたかったんです。でも子供の親から金をとると貧乏人には払えないですからね」

男は大きく息をついた。

「おい、沙耶。どうしよう、こいつはいい奴だぞ」

「でも方法がいけません」

沙耶が口を挟む。

男も首を縦に振った。

「そうですよ、旦那。わたしがやったのはいけないことだ。盗賊で稼いだ金で子供を助けた気になってもいけないんです。どうか捕まえてください」

「そうか。だが縄はかけない。一緒に歩いて番屋に行こうじゃないか」

月也が声をかけると、男は嬉しそうに頭を下げた。

「感謝します。旦那」

「ところでお前の相方は悪い奴だったようだな、最後にはいい奴になったが。なぜあの半助と手を組んだのだ。そうでなければ他の方法を思いついたかもしれないだろう」

月也に言われて、男は軽く笑った。

「悪事を働くって案外大変なんですよ。悪い奴に背中を押してもらわないと心がくじけてしまうんです」

それから男は息をつく。

「でも悪党たちがいる宿は好きじゃなくてね。行動はなるべく別にしていたんです。金をここで受け渡すのも、連中のいるあたりから離れたところがよくて。でも悪党と手を組んだのはたしかです。いけないことですね」

男は乾いた笑い声をたてた。

こうして盗賊屋の件は本当にカタがついたのだった。

三月も終わりに近づくと風烈廻りは少し気がゆるむ。これから梅雨《つゆ》が明けるまではやや落ち着いていられる。

風に湿気が適度に混ざる季節には火事は少ないのである。

そのうえだいぶ暖かくなり過ごしやすい。梅雨が始まるまでの間は江戸にとって一番気持ちが良い季節ともいえた。

そんな中沙耶は、月也が奉行所に仕事終わりの挨拶をしている間に夕食の買い物をするのが楽しみになっていた。

日本橋でかつの店に寄る。

「いらっしゃい」

男装できりりと締まっているかつが、元気に声をかけてきた。

「今日は何にしますかね」

言いながら魚を選び始める。

「信州から味噌をもらったのだけど、どうしたらいいかしら」

地元に戻った安二郎が実家で作っている味噌を送ってくれたのだ。

なので信州味噌を使った料理を作りたい。

「信州の味噌ですか。ではやはり煮物ですね。今日はよく晴れてましたし、少しさっぱりしたものがいいと思います」

かつは少し考えてからぽん、と手を打った。

「白魚がいいですよ。そろそろ旬も終わりますが、いい味してます」

それからかつはいたずらっぽく笑った。

「清さんから聞きましたよ。お手柄だったそうじゃないですか」

どうやら椋鳥たちの件を聞いたらしい。

「ええ。でも内緒ですよ」

右手の人さし指を唇にあてる。

「月也の旦那はぼんくらのままってことですか」

かつが残念そうに言う。

「いいことでしょう。ぼんくらがいないと、みんながぎすぎすしてしまうのではないかしら」

「そこらの同心よりよっぽどいいと思いますがね」

それからあらためて言う。

「沙耶さんが、ですけどね」

「ありがとう」

白魚を受け取って考える。

これだと野菜を何か足したいところだ。

「野菜ならそこの八百安《やおやす》で買ってやってください。最近店を開いたんです」

かつが少し先を指さした。

「あら。おめでたいわね」

「若い夫婦が二人で店をやるっていうので、ひいきにしてるんですよ」

かつは嬉しそうに言った。

「親から継いだのではなくて新しく開いたの？」

「ええ。実家はお茶屋さんだそうですよ。手代とお嬢さんが結婚したってことで」

それはなかなか大変だ、と沙耶は思う。

お茶屋の手代は独立して茶を商うことはできない。もとの店の仕事に影響を出すことが許されないからだ。

そのまま店を継がないかぎりは別の業種にしないといけない。暖簾分けがないわけではないが、かなり少ないと言っていい。

だから茶とは関係ない八百屋にしたのだろう。

「ではこれから行きますね」

「かつに紹介されたって言ってください」

かつは八百屋を応援したい雰囲気である。

八百安に足を運ぶ。たしかに夫婦二人である。夫は店の奥で野菜を切っていた。女房が野菜を売っているが売れ残っている。

店は開いたばかりだと顧客がつかないので厳しい。あそこはいい店だと評判が立って初めて繁盛するのだ。

「かつさんの紹介で来ました」

沙耶が言うと、女房が嬉しそうに頭を下げた。

「はじめまして。穂香《ほのか》と申します」

いかにも物腰が柔らかい。いいところの店で育った感じがした。

「沙耶様ですね。お話はうかがってます」

「誰から？」

「雛さんですよ」

「お知り合いなのですか？」

「近所で育ちましたからね」

それからにっこりと笑った。

「牡丹さんのお店にも何度か行っています」

「そうなのね」

世の中は狭い、と思わず感心してしまう。

「沙耶様のことは尊敬しています」

穂香はきっぱりと言った。

「そうなのですか？」

尊敬されるいわれがないので、沙耶は驚いた。

「犯罪が起きてひどい目にあうのはいつも女なのに、取り締まる側は男しかいないではないですか。女の気持ちがわからないとは言いませんが、つぼを外すことも多いですから」

穂香が続ける。

「女の立場からすると沙耶様が一番信頼できるのです」

たしかにそれはそうだ。しかし沙耶にしても、月也が同心だから妻ということで十手が持てている。そうでなければどうにもならないだろう。

江戸は完全に男による社会で、女はそのおこぼれで生きているようなところがある。

個人としてはそうではなくとも、社会の仕組みがそうなのだ。沙耶は仕組みを変えようなどと大それた事は思わないが、少しは女にも暮らしやすくしたい。

「だから何かあったら協力しますね」

「ありがとうございます」

沙耶が頭を下げると、穂香があわてて止めた。

「沙耶様はお武家様なのですから、もっと偉そうにしてください」

「偉そうってどんな感じにですか？」

沙耶に言われて、穂香は少し考える。それから少しふんぞり返った。

「おう。俺に協力させてやるから感謝しろ」

それから少し照れたように赤くなった。

「こんな感じでしょうか」

「そんな人はいないでしょう」

沙耶はつい笑ってしまった。

「そんなことはないですよ。同心の人はみんなこうです」

穂香はそう言ってから、あらためて頭を下げた。

「よろしくお願いします。沙耶様は頭を下げないでくださいね」

「わかったわ。ところで白魚を買ったの。家に信州味噌があるのだけれど、どうすればいいかしら」

「そうですね。白瓜なんかいかがでしょう。白瓜は甘くならないから漬物用なんですが、煮込むととろとろになって美味しいですよ」

「それならそうしましょう」

「今切りますね」

穂香が言う。

「切るのまでやってくれるの?」

「今どき丸のままで野菜を売っても客はつきません。献立に合わせて野菜を切るまでが八百屋の仕事ですよ」

「便利なのね」

「ええ。女房がいかに楽をできるかが大切です。『手抜きの協力』をするのが店ってものです」

たしかにそうかもしれない。沙耶にしても、白瓜を切ってくれると言われるとつい甘えてしまう。

「楽したい人に楽させてあげると儲かるものです」

今回の盗賊屋もそうだったのだろう。ただ、椋鳥たちへの好意からではなく、自分が一方的に楽をしたいだけであったが。

そもそも盗賊という存在自体がそうだ。人が稼いだお金を盗むという、楽をしたい心から起こる犯罪である。そう考えると、人に楽をしたい心がある限りは犯罪はなくならないのかもしれない。

瓜を受け取って家に帰ると台所に立つ。

月也の食事は心を込めて作ろうと思う。

といっても今日は白魚と白瓜があるから、作るのは簡単だ。切ってもらった白瓜を煮て、とろとろになったところに白魚を入れる。最後に味噌を加えて出来上がりだ。

さっぱりさせるために少し生姜も入れる。

白魚が先か白瓜が先か悩んだが、沙耶は白瓜が先のほうが好きだ。魚が煮えすぎるよりも野菜がとろとろになってから入れたほうがいい。

今日はこれが味噌汁のかわりにも、漬物のかわりにもなる。量をたっぷりと作るかわりに品数が少ない。だから大振りの梅干しを二個用意した。

準備したところで月也が帰ってくる。

「腹が減った」

帰るなり言う。

「もうできてますよ」

「旨そうな匂いだな」

月也が嬉しそうに手早く足を洗った。

奥に行った月也を追いかけるように料理を運ぶ。

「沙耶も早く」

月也にせかされて席に着く。

「先に食べてくださっていいのですよ」

「偉そうだろう、そういうのは」

月也がこともなげに言った。

たいていの夫は偉そうなものだ、と沙耶は思う。だが月也は嫌いなのだろう。これが紅藤家流ということだ。

二人らしくていい、と沙耶は思った。

「ところで沙耶。大福茶漬けというものを知っているか？」

「知りません」

「飯の上に大福をおいてお茶をかけるそうだ。上方の料理で、好きな人はたいそう好むらしい」

「たしかに美味しいかもしれませんね」

餅米とうるち米を混ぜて炊き、軽く搗いて餡子などで包むとぼたもちになる。そう考えると、飯と大福も悪いわけではないだろう。

「だがたとえまずくなくてもな、俺はこれがいい」

そう言いながら月也はざっくりと飯を口に運んだ。

「おかわり」

またたく間に飯を飲み込んでしまう。

沙耶も箸をつけた。

瓜はとろとろになっていて、口の中で溶けるようである。味噌をまとった白魚の味を生姜が引き立てている。

こうやって月也と食事をしている時間が本当に大切だとあらためて感じる。

「この料理は普通でも旨いが、沙耶が作ったと思うとますます旨いな」

「妻にお世辞を言ってもしかたないですよ」

沙耶が言うと、月也は真面目な表情になった。

「一緒に暮らしている妻をほめないで誰をほめるのだ。伊藤様か？」

「そこでなぜ伊藤様なのですか。でもありがとうございます」

こういう月也だからこそ、沙耶もいつまでも好きでいられるのだろう。

そう思いながら料理を食べる。

料理の温かさもあいまって、なんだか幸せの味がした。

○主な参考文献

『江戸晴雨攷』　根本順吉　中公文庫
『江戸切絵図と東京名所絵』　白石つとむ編　小学館
『江戸年中行事』　三田村鳶魚編　朝倉治彦校訂　中公文庫
『江戸風物詩　江戸ばなし』　川崎房五郎　桃源社
『江戸・町づくし稿』上・下・別巻　岸井良衞　青蛙房
『江戸物価事典』　小野武雄編著　展望社

本書は文庫書下ろし作品です。

|著者| 神楽坂 淳　1966年広島県生まれ。作家であり漫画原作者。多くの文献に当たって時代考証を重ね、豊富な情報を盛り込んだ作風を持ち味にしている。小説に『大正野球娘。』『三国志』『金四郎の妻ですが』『捕り物に姉が口を出してきます』『うちの宿六が十手持ちですみません』『帰蝶さまがヤバい』『ありんす国の料理人』『恋文屋さんのごほうび酒』『七代目銭形平次の嫁なんです』『醤油と洋食』などがある。

うちの旦那《だんな》が甘《あま》ちゃんで　飴《あめ》どろぼう編《へん》

神楽坂《かぐらざか》 淳《あつし》

講談社文庫

定価はカバーに表示してあります

2023年4月14日第1刷発行

発行者――鈴木章一

発行所――株式会社　講談社

東京都文京区音羽2-12-21　〒112-8001

電話　出版 (03) 5395-3510

販売 (03) 5395-5817

業務 (03) 5395-3615

Printed in Japan

KODANSHA

デザイン―菊地信義

本文データ制作―講談社デジタル製作

印刷―――株式会社KPSプロダクツ

製本―――株式会社国宝社

ISBN978-4-06-530859-2

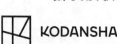

講談社文庫刊行の辞

二十一世紀の到来を目睫に望みながら、われわれはいま、人類史上かつて例を見ない巨大な転換期をむかえようとしている。

世界も、日本も、激動の予兆に対する期待とおののきを内に蔵して、未知の時代に歩み入ろうとしている。このときにあたり、創業の人野間清治の「ナショナル・エデュケイター」への志を現代に甦らせようと意図して、われわれはここに古今の文芸作品はいうまでもなく、ひろく人文・社会・自然の諸科学から東西の名著を網羅する、新しい綜合文庫の発刊を決意した。

激動の転換期はまた断絶の時代である。われわれは戦後二十五年間の出版文化のありかたへの深い反省をこめて、この断絶の時代にあえて人間的な持続を求めようとする。いたずらに浮薄な商業主義のあだ花を追い求めることなく、長期にわたって良書に生命をあたえようとつとめるところにしか、今後の出版文化の真の繁栄はあり得ないと信じるからである。

同時にわれわれはこの綜合文庫の刊行を通じて、人文・社会・自然の諸科学が、結局人間の学にほかならないことを立証しようと願っている。かつて知識とは、「汝自身を知る」ことにつきていた。現代社会の瑣末な情報の氾濫のなかから、力強い知識の源泉を掘り起し、技術文明のただなかに、生きた人間の姿を復活させること。それこそわれわれの切なる希求である。

われわれは権威に盲従せず、俗流に媚びることなく、渾然一体となって日本の「草の根」をかたちづくる若く新しい世代の人々に、心をこめてこの新しい綜合文庫をおくり届けたい。それは知識の泉であるとともに感受性のふるさとであり、もっとも有機的に組織され、社会に開かれた万人のための大学をめざしている。大方の支援と協力を衷心より切望してやまない。

一九七一年七月

野間省一

講談社文庫 最新刊

紗倉まな
春、死なん
現役人気AV女優が「老人の性」「母の性」を精魂こめて描いた野間文芸新人賞候補作。

横山光輝
山岡荘八・原作
漫画版 **徳川家康6**
秀吉は九州を平定後、朝鮮出兵を図るも病没。満を持して家康は石田三成と関ケ原で激突。

潮谷験
エンドロール
姉の遺作が、自殺肯定派に悪用されている！弟は愛しき「物語」を守るため闘い始めた。

高梨ゆき子
大学病院の奈落
最先端の高度医療に取り組む大学病院で相次いでいた死亡事故。徹底取材で真相に迫る。

西澤保彦
夢魔の牢獄
22年前の殺人事件。教師の田附《たづき》は当時の友人たちに憑依、迷宮入り事件の真相を追う。

日本推理作家協会 編
2020 ザ・ベストミステリーズ
「夫の骨」（矢《や》樹純《ぎじゅん》）を筆頭に、プロの読み手が選んだ短編ミステリーのベスト9が集結！

講談社タイガ

嶺里俊介
ちょっと奇妙な怖い話
事実を元に練り上げた怖い話が9編。どこまでが本当か気になって眠れなくなる短編集！

森博嗣
君が見たのは誰の夢？
〈Whose Dream Did You See?〉
ロジの身体に不具合が発見され、未知の新種ウィルスに感染している可能性が浮上する。

講談社文芸文庫

リービ英雄
日本語の勝利／アイデンティティーズ
解説＝鴻巣友季子
りC3
青年期に習得した日本語での小説執筆を志した著者は、随筆や評論も数多く記してきた。日本語の内と外を往還して得た新たな視点で世界を捉えた初期エッセイ集。
978-4-06-530962-9

柄谷行人
柄谷行人対話篇Ⅲ 1989－2008
かB20
東西冷戦の終焉、そして湾岸戦争を通過した後の資本にどう対抗したらよいのか？根源的な問いに真摯に向き合ってきた批評家が文学者とかわした対話十篇を収録。
978-4-06-530507-2

講談社文庫　目録

2023年3月15日現在